Pasión junto al mar
Andrea Laurence

Editado por Harlequin Ibérica.
Una división de HarperCollins Ibérica, S.A.
Núñez de Balboa, 56
28001 Madrid

I.S.B.N.: 978-84-9188-085-1
Depósito legal: M-10368-2018
Impresión en CPI (Barcelona)
Fecha impresion para Argentina: 4.12.18
Distribuidor exclusivo para España: LOGISTA
Distribuidor para México: Distibuidora Intermex, S.A. de C.V.
Distribuidores para Argentina: Interior, DGP, S.A. Alvarado 2118.
Cap. Fed./Buenos Aires y Gran Buenos Aires, VACCARO HNOS.

Capítulo Uno

–No me importa, Stuart. No voy a permitir que un completo desconocido me quite a mi hija.

Stuart Ewing, el abogado de Claire Douglas, le palmeó la mano. Tenía un aire paternal y una actitud tan bondadosa que parecía mentira que fuera un tiburón en los juzgados.

–Lo conseguiremos, Claire. Lo único que necesito es que mantengas la cabeza fría. No te dejes vencer por la emoción.

Claire frunció el ceño. Mantener las emociones bajo control no era su fuerte. Llevaba dos años siendo bombardeada por todo tipo de sentimientos. Su vida se había convertido en una montaña rusa desde el instante en el que había descubierto que estaba embarazada. Tras años de fallidos tratamientos de fertilidad, aquel había sido su último intento. Y con el embarazo había rozado las alturas.

Con la muerte de su marido en un accidente de coche estando ella embarazada de cinco meses había descendido hasta lo más hondo. Sobre todo después de las dolorosas revelaciones que habían seguido a su muerte. El nacimiento de su hija había sido lo único que la había sacado de aquel agujero negro y le había dado motivos para volver a ser feliz.

Pero jamás había esperado algo como aquello. El descubrimiento del error que habían cometido en la clínica de fertilidad le había cambiado la vida. La había convertido en millonaria y, al mismo tiempo, había quebrado la estabilidad de su pequeña familia.

–¿Señora Douglas? ¿Señor Ewing? Ya están esperándoles.

La recepcionista señaló la puerta doble que conducía a la sala de reuniones.

Allí, asumió Claire, les esperaban el hombre que pretendía arrebatarle a su hija y el abogado que iba ayudarle a conseguirlo.

–Vamos, Claire –la animó Stuart–. Todo va a salir bien. No vas a perder a tu hija.

Claire asintió, intentando mostrar una serenidad que no sentía. Entraron en la sala de reuniones en la que Edmund Harding estaba esperándoles. Harding era la case de abogado que todo millonario de Manhattan tenía entre los contactos de marcación rápida. Con su alto prestigio e influencia era muy probable que consiguiera que el tribunal hiciera todo lo que él quisiera.

Claire agarró el bolso con fuerza y siguió a Stuart a la sala de reuniones.

La habitación era muy elegante y resultaba incluso intimidante, con la enorme mesa de cristal que la dividía en dos. Había unas mullidas sillas de cuero a lo largo de la mesa, pero en aquel momento todas estaban vacías.

La mirada de Claire se desvió hacia unos ventanales situados a la izquierda. Ante ellos permanecía un hombre contemplando Central Park. Claire no pudo ver sus facciones, solo sus hombros descomunales y su cintura estrecha. Era un hombre alto y tenía los brazos cruzados. Emanaba de él una intensa energía que Claire percibió al instante.

–¡Ah, señora Douglas! –la saludó alguien–. Señor Ewing. Siéntense, por favor.

Claire se volvió hacia aquella voz y descubrió a un hombre en el otro extremo de la sala. Estaba llevando la documentación a la mesa. Su aspecto de intelectual la convenció de que aquel era el afamado Edmund Harding. Lo que significaba que el hombre que estaba frente al ventanal tenía que ser...

–Luca, ya podemos empezar.

Cuando Claire se estaba sentando, Luca Moretti se volvió por fin. Y Claire se alegró de haber tomado asiento. El rostro que la contemplaba parecía el de una obra maestra del Renacimiento. Aquel hombre tenía la mandíbula cuadrada y perfectamente rasurada y unos pómulos que parecían esculpidos en mármol. Unas cejas oscuras enmarcaban unos ojos entrecerrados que la recorrieron durante un segundo antes de desviarse con obvio desinterés.

Luca se acercó a grandes zancadas a la mesa y se sentó al lado de su abogado.

¿Aquel era el padre de su hija? Parecía increíble, pero, obviamente, los rizos oscuros y el cutis aceitunado no los había heredado de ella.

–Antes de que empecemos, ¿les apetece tomar algo? ¿Agua? ¿Café? –ofreció Edmund.

–No, gracias –contestó Claire con voz queda.

–Un café solo –pidió el hombre que estaba frente ella.

Sin cortesía alguna, sin dar las gracias. Parecía la clase de hombre acostumbrado a conseguir todo lo que quería. Pero aquella vez no iba a salirse con la suya. Claire estaba decidida a no permitir que se hiciera cargo de su hija. Ni siquiera conocía a Eva. ¿Cómo iba a conseguir su custodia?

La asistente del abogado le llevó a Luca un café y desapareció con el mismo sigilo con el que había llegado.

–Gracias por venir –comenzó a decir Edmund–. Hemos convocado esta reunión porque tenemos la sensación de que las anteriores comunicaciones no han tenido el efecto que deberían. El señor Moretti quiere conseguir la custodia compartida de la niña.

–¿No cree que es un poco prematuro? –preguntó Stuart–. ¿Ni siquiera conoce a la niña y ya quiere la custodia compartida?

–Habría conocido a su hija hace dos semanas si su cliente hubiera cooperado.

Los dos abogados continuaron hablando, pero Claire descubrió que su atención se desviaba hacia la silenciosa fuerza que tenía sentada frente a ella. Mientras su abogado se hacía cargo de la conversación, Luca Moretti se recostó en la silla y se dedicó a estudiar a Claire, recorriendo con sus ojos castaños centímetro a centímetro de su cuerpo.

Ella hizo lo imposible para no mostrar ningún signo de debilidad delante de él. De modo que se centró en estudiarle a su vez con atención.

Era fácil reconocer en él rasgos de Eva. Cuando la niña había nacido, Claire se había sentido un tanto confundida al ver su pelo oscuro y rizado. Claire tenía el pelo rubio como la miel y su marido castaño claro. Ninguno de ellos tenía la piel cetrina ni un hoyuelo en la barbilla, como Claudia. Pero toda preocupación había desaparecido en el instante en el que había contemplado los ojos grises de su hija. Había dejado de importarle a quién pudiera parecerse porque era perfecta. Las dudas no habían vuelto a surgir hasta que había recibido una llamada de la clínica tres meses después y le habían informado de que el último vial de esperma debería ser destruido al cabo de tres meses si no se utilizaba.

Aquello la había confundido, pues tenía entendido que habían utilizado la última dosis cuando habían concebido a Eva. Aquella información le había encendido las alarmas y no había tardado en conocerse la verdad: habían cambiado el número del esperma de su marido y habían utilizado el de otro cliente. El de Luca Moretti, para ser más exactos.

Al pensar en ello sintió un escalofrío. Aquel hombre jamás la había tocado y, sin embargo, una parte de él había estado muy dentro de ella. ¿Pero qué estaría haciendo un hombre como Luca en una clínica de fertilidad? Cada centímetro de su cuerpo emanaba una virilidad a la que no recordaba haber estado expuesta jamás.

Nada más conocer la noticia, Luca se había concentrado en la clínica. Había enviado a su abogado tras ellos antes de que Claire supiera lo ocurrido. La clínica le había suplicado que intentara arreglarlo al margen de los tribunales para evitar el escándalo. Y, de un día para otro, Claire había dejado de ser una mujer de clase media para convertirse en una persona que no necesitaba volver a trabajar en su vida.

Luca había dirigido entonces toda su artillería legal contra ella. Pero Claire no había cedido. Estaba dispuesta a gastarse hasta su último penique en aquella batalla legal. Eva era su hija. Ya había sido suficientemente duro enfrentarse a la verdad sobre la paternidad de su hija. Todavía estaba intentando digerir el enfado y la confusión provocados por la muerte de Jeff. ¿Cómo decirles a los padres de Jeff que Eva no era su nieta biológica? Ya tenía suficientes problemas como para que de pronto apareciera Luca reclamando a su hija.

–Tenemos que llegar a un acuerdo –propuso Stuart.

–Mi cliente no está dispuesto a aceptar ningún acuerdo que no incluya su derecho a visitar a su hija.

–Mi hija –repuso Claire con vehemencia–. Eva es mi hija y no pienso cedérsela a un desconocido. Yo no sé nada de este hombre. Podría ser un asesino en serie o cualquier clase de pervertido. ¿Cedería usted a un hijo suyo a un desconocido, señor Harding?

Edmund pareció sobresaltado por aquel estallido, pero lo que a ella le llamó la atención fue la risa burlona del hombre que estaba sentado a su lado. Era la primera intervención de Luca tras haber pedido el café. Cuando Claire se volvió para mirarle, advirtió las chispas de interés en sus ojos y una cierta diversión curvando la comisura de sus labios llenos. Parecía... sinceramente intrigado por ella.

–Puedo asegurarle que mi cliente no es ningún delincuente, señora Douglas. Es el director ejecutivo de la cadena de comida italiana más importante del país, Moretti's Italian Kitchen.

–¿Pretende decirme que un hombre rico no puede ser un asesino o un pederasta?

–Mi cliente está dispuesto a cooperar para aliviar sus preocupaciones, señora Douglas. Nos somos los malos de la película. Solo queremos que el señor Moretti forme parte de la vida de Eva. Puede investigar su pasado, no encontrará nada cuestionable. Pero, en cuanto compruebe que mi cliente no guarda esqueleto alguno en el armario, deberá permitirle ver a su hija.

–¿Y si la señora Douglas no coopera?

Claire contuvo la respiración mientras esperaba la respuesta.

–En ese caso, dejaremos de ir por las buenas. Solicitaré que se tomen medidas para que mi cliente tenga derecho a visitar a su hija. Y puede estar segura de que el juez le concederá más tiempo del que le estamos pidiendo. Usted decide, señora Douglas.

Así que aquella era Claire Douglas.

Luca tenía que admitir que le había sorprendido. No sabía lo que esperaba encontrarse, pero aquella joven y esbelta rubia no estaba entre sus expectativas. Había tenido que hacer un serio esfuerzo para conservar la compostura cuando la había visto frente a él.

Aquel práctico traje de color gris se pegaba a cada

una de sus deliciosas curvas. El color era casi idéntico al de sus ojos. Llevaba el pelo recogido en un moño a la altura de la nuca y él ya estaba deseando quitarle las horquillas y dejar que aquellas ondas cayeran libremente por sus hombros.

Y cuanto más tiempo permanecía observándola, más grande era su curiosidad. ¿Cómo era posible que una mujer tan joven hubiera enviudado? ¿Sería siempre tan altiva? Estaba deseando deslizarle el pulgar por la frente para borrarle la huella que le había dejado el ceño fruncido. El estallido de furia de Claire le había llamado la atención. Había mucho más fuego en aquella mujer del que aquel traje gris sugería.

–¿Pueden llegar a hacerlo? –preguntó Claire, volviéndose hacia su abogado.

Parecía aterrarle la posibilidad de que Luca pudiera tener acceso a su propia hija.

Su hija.

Le parecía una locura tener una hija con una mujer a la que ni siquiera conocía. Luca jamás había pensado seriamente en formar una familia. Había decidido conservar una muestra de esperma para contentar a su madre y a los médicos. Pero la verdad era que no pretendía utilizarla. Y, sin embargo, una vez había sabido que tenía una hija, no estaba dispuesto a fingir que no existía.

–Podemos y lo haremos –intervino al fin–. Ninguno de los dos anticipaba este desastre, pero eso no cambia los hechos: Eva es mi hija y tengo las pruebas de paternidad que lo demuestran. No habrá un solo juzgado en el condado de Nueva York que no esté dispuesto a posibilitarme las visitas hasta que el juez tome una decisión.

Claire le miró boquiabierta.

–Es solo un bebé, tiene seis meses. ¿Por qué intentar apartarla de mi lado para dejarla con una niñera?

–¿Y por qué piensa que voy a dejarla con una niñera? –preguntó Luca riendo.

–Porque… porque usted es un hombre rico y está soltero. Estoy segura de que se le da mucho mejor dirigir una empresa que cambiar un pañal. Y apuesto a que no tiene ni tiempo ni la menor idea de cómo cuidar a un niño.

–No sabe nada de mí, de modo que no tiene por qué hacer presunciones. Además, incluso en el caso de que tuviera niñera, eso sería lo de menos, puesto que Eva es también mi hija. Pienso luchar por mi derecho a verla y, le guste o no, no tendrá nada que decir sobre lo que haga cuando esté con ella.

Claire le miró con los ojos entrecerrados. Era evidente que no le gustaba que la presionara. Y él la estaba presionando. En parte, porque le gustaba ver el fuego de sus ojos y el rubor de su piel, pero en parte también porque necesitaba que comprendiera que tenía que colaborar.

–Puede colaborar y, en ese caso, iremos por las buenas o, en caso contrario, Edmund puede llegar a complicarle mucho las cosas. Tal y como le ha dicho, eso dependerá de usted.

–¿De mí? No lo creo –aspiró con fuerza y cruzó los brazos sobre su pecho.

Al hacer aquel gesto, presionó una considerable

11

cantidad de pecho contra la chaqueta, permitiéndole a Luca disfrutar de su sonrosado escote. El rubor descendía mucho más de lo que había anticipado.

–¿Señor Moretti?

Luca apartó los ojos del pecho de Claire y los fijó en su mirada encendida.

–Lo siento, ¿qué ha dicho?

–He dicho que tengo las manos atadas. ¿Cómo vamos a negociar si ni siquiera me escucha?

Luca tragó saliva, intentando ocultar su rubor con la máscara de impasible confianza tras la que normalmente se ocultaba.

–¿Y cómo vamos a negociar si no está dispuesta a moverse de su posición? No está dispuesta a atender a nada que no sea exactamente lo que usted quiere.

–Eso no es…

–Claire –la interrumpió Stuart con un firme susurro–, tenemos que considerar su oferta.

–No quiero. Todo esto es ridículo. Ya hemos terminado –contestó, empujando la silla para levantarse.

–Muy bien –respondió Luca–. Creo que el color naranja le quedará perfecto.

–¿El color naranja? –preguntó Claire. Parte del fuego de sus ojos comenzó a apagarse.

–Sí, el naranja del uniforme de presidiaria, para ser más exactos. Si el juez me concede el derecho de visita y usted no cumple terminará encarcelada. Y eso significa que me quedaré con la custodia de Eva.

–Siéntate, Claire –le pidió Stuart.

La fachada de valentía se hizo añicos mientras Claire regresaba a la silla. Por fin lo había comprendido. Lo último que pretendía Luca era llevar a una joven madre a prisión, pero lo haría. No era un hombre que fuera de farol, de modo que haría bien en escucharle.

Claire suspiró y se inclinó hacia delante, entrelazando sus deliciosas manos sobre la mesa.

–Creo que no entiende lo que me está pidiendo, señor Moretti. ¿Usted no tiene sobrinos?

–Sí –con cinco hermanos, más de los que podía contar con las dos manos.

–¿Y cómo se sentiría si una de sus hermanas estuviera en mi situación y se viera obligada a entregar a su sobrina a un desconocido?

Luca frunció el ceño. El dirigía la empresa junto a sus hermanos. Toda su vida giraba alrededor de Moretti Enterprises. La familia lo era todo para él. Por eso Eva era tan importante. Fueran cuales fueran las circunstancias, formaba parte de su familia. La idea de dejar al más pequeño de sus sobrinos, Nico, con un desconocido, le resultó perturbadora. A lo mejor necesitaba cambiar de táctica con Claire.

–Comprendo lo difícil que debe de ser para usted. A pesar de lo que pueda pensar, señora Douglas, no quiero arrancarle a su hija de sus brazos. Pero quiero conocerla y formar parte de su vida. En eso no voy a ceder. Y creo que se sentirá más cómoda cuando me conozca mejor. Por eso estoy dispuesto a ofrecerle que pasemos algún tiempo todos juntos, para que pueda sentirse más tranquila respecto a mi capacidad de llegar un ser un buen padre.

–¿Quiere que concertemos una serie de citas? Aprecio lo que está intentando hacer, pero si solo vamos a pasar un par de horas juntos los sábados por la tarde, esto va a llevarnos mucho tiempo.

Luca negó con la cabeza.

–En realidad no me refería a eso. Tiene razón. Esto va a llevarnos mucho más tiempo.

–¿Qué está sugiriendo, señor Moretti? –preguntó el abogado de Claire.

–Estoy sugiriendo que pasemos una temporada juntos.

–No quiero tener que andar moviéndome de puntillas por su apartamento.

–¿Por qué no? –ni siquiera había pensado en dónde o en cómo.

–Preferiría un territorio más neutral, señor Moretti. No me sentiría cómoda en su casa y no creo que usted vaya a disfrutar del jaleo que supone tener a una niña en su lujoso ático. Y a mí tampoco me apetece trasladarme a Brooklyn.

–Muy bien. ¿Y qué le parece que pasemos unas vacaciones juntos? Puedo alquilar una casa en la playa o algo parecido.

–Luca, no creo que sea una buena…

–Suena bien –interrumpió Claire al abogado–, ¿pero de cuánto tiempo estamos hablando?

–Creo que un mes sería suficiente.

Capítulo Dos

–¿Un mes? –Claire estaba estupefacta–. Señor Moretti…

–Por favor, llámame Luca –respondió él con una sonrisa que le aceleró el pulso.

Tenía una sonrisa peligrosa. Encantadora. Combinada con aquel aspecto de estrella de cine era más que suficiente como para hacerla olvidar que era su enemigo. Casi prefería que volviera a adoptar su fría expresión de hombre de negocios.

–Luca, tengo trabajo. Soy conservadora en el Museum of European Arts. No puedo tomarme un mes de vacaciones avisando con tan poco tiempo.

–¿Y crees que para mí será fácil dejar las riendas de la compañía a mi familia durante un mes? Será difícil para los dos, pero es evidente que es necesario hacer algo para que esto funcione. Necesitamos pasar un tiempo los tres juntos, aprender a sentirnos cómodos el uno con el otro. ¿No crees que el bienestar de Eva merece ese sacrificio?

Genial. Luca era el bueno de la película y ella estaba siendo poco razonable porque no estaba dispuesta a hacer todo lo necesario por el bienestar de su hija.

–Claro que merece la pena el sacrificio. Mi hija lo es todo para mí.

–Entonces ¿dónde está el problema? Nos han citado en el juzgado dentro de seis semanas. Después de pasar cuatro semanas juntos, a lo mejor somos capaces de llegar a un acuerdo que nos satisfaga a todos y podemos presentárselo al juez.

Stuart le apretó a Claire la rodilla por debajo de la mesa. Y a ella no le hizo falta mirar al abogado para saber que le gustaba la idea. Nadie quería enfrentarse a Edmund Harding en un tribunal si podía evitarlo. Y aquello la convenció. A su jefe no le iba a hacer gracia, pero lo comprendería.

–Muy bien. Si estás de acuerdo en retirar la demanda de visitas previas, lo acepto.

–Muy bien –Luca miró a su abogado–. Yo me encargaré de buscar la casa.

–Preferiría que no fuera muy lejos. Los viajes largos son complicados con un bebé.

–Tengo un amigo de la universidad que tiene una casa en Martha's Vineyard. ¿Te parecería bien?

Claire intentó mostrarse impasible. Martha's Vineyard era un lugar de veraneo para gente muy rica. Hasta muy recientemente, un lugar que había estado fuera de su alcance.

–Sí, me parecería bien –contestó fríamente.

–Muy bien. Hablaré con Gavin para asegurarme de que la casa está disponible. ¿Cuánto tiempo necesitas para preparar el viaje y pedir unas vacaciones?

–No estoy segura, supongo que me llevará varios días.

–Te dejaré mis datos para que puedas ponerte en contacto conmigo. Cuando lo averigües, dímelo para que envíe un coche a buscarte.

–No hace falta. Puedo ir por mi cuenta.

Claire no era una mujer a la que le gustara que los de más se hicieran cargo de ella.

–Eso es ridículo. Iremos juntos y así podremos empezar a conocernos cuanto antes.

Claire apretó los dientes. Luca hablaba como si todo cuanto dijera fuera un decreto. La ponía histérica. Pero tenía que elegir bien sus batallas. Si Luca quería enviar a alguien a buscarlas, que lo hiciera.

–Muy bien. ¿Ya hemos terminado?

–Sí, ya hemos terminado –respondió Luca, curvando los labios con una sonrisa de diversión.

Estupendo. Claire estaba desesperada por salir de aquella habitación. Luca parecía estar atravesándola con la mirada, parecía estar viendo el miedo y la vergüenza que tan desesperadamente intentaba esconder. Necesitaba poner distancia entre ellos. Quería respirar un aire que no estuviera impregnado del olor a cuero y a especias de la colonia de aquel hombre. Salió decidida de la sala de reuniones, con Stuart pisándole los talones, y no se detuvo hasta que llegó a la acera. Tomó aire y sintió que por fin comenzaban a relajársele los músculos de la espalda y el cuello. El problema no era solo que pareciera estar viéndola por dentro, sino cómo la hacía sentirse. Luca había encendido un fuego dentro de ella y la hacía pensar en necesidades y deseos que había ignorado durante más tiempo del que era capaz de recordar.

Cuando su marido y ella habían decidido tener un hijo y habían comenzado a tener dificultades para concebirlo, el sexo con Jeff se había convertido en una obligación. En algo mecánico. Y cuando habían comenzado a ir a la clínica había sido incluso peor. El deseo y la excitación se habían evaporado y su relación había terminado cambiando.

No era extraño que Jeff se hubiera distanciado de ella.

Claire había estado tan concentrada en quedarse embarazada y tan obsesionada preparándose para la llegada del bebé que no se había dado cuenta de que algo andaba mal. Jeff se quedaba a trabajar hasta tarde y cada vez hacía más viajes de negocios, pero mucha gente tenía que trabajar horas extras. Hasta ella se veía obligada a hacerlo, sobre todo cuando llegaba una exposición al museo. Pero también había ignorado el que hubiera cambiado su mirada y no mostrara ningún interés en mantener contacto físico con ella. Se había acostumbrado de tal manera a ignorar las alarmas que si la amante de Jeff no hubiera muerto en el accidente con él jamás habría aceptado que su marido estaba teniendo una aventura.

Le había costado asimilar la verdad, pero saber que su relación con Jeff habría terminado en cualquier caso la había ayudado a enfrentarse a su muerte. Había perdido a su marido mucho antes de aquella noche.

Darse cuenta de todo lo ocurrido había representado un duro golpe que había minado su confianza en su capacidad para tomar decisiones. Creía que Jeff era el hombre perfecto para ella y se había equivocado. Había pensado que un bebé supliría todo lo que echaba de menos en la vida y en el matrimonio, pero tampoco había sido así. Quería a Eva más que a nada en el mundo y no se arrepentía de haberla tenido, pero una hija no había sido la respuesta a sus problemas.

Sentirse atraída por Luca Moretti era otro error. Y, aun así, hacía años que no se sentía tan viva.

—Claire, ¿estás bien? —Stuart apareció tras ella y posó la mano en su hombro.

—Sí, pero necesitaba salir de allí.

Stuart asintió y miró hacia los coches que pasaban frente a ellos.

—Déjame llevarte a comer —se volvieron y comenzaron a caminar por la acera—. Teniendo en cuenta la situación, creo que la cosa ha ido bien. Hemos ganado tiempo y Edmund está dispuesto a llegar a un acuerdo antes de que nos presentemos ante el juez.

—Sí, pero esto me va a costar cuatro semanas de mi vida —estaría dispuesta a entregar mucho más por el bienestar de su hija, pero continuaba conmocionada por todo lo ocurrido.

—Claire… podría ser peor. Vas a pasar un mes en Martha's Vineyard.

—Con Luca Moretti —señaló.

—¿Y qué? Entre tú y yo, creo que necesitas descansar. Salir de Nueva York, sentarte en una playa y disfrutar de la brisa del mar. Deja que Luca se encargue de Eva bajo tu vigilancia y disfruta de estas semanas de vacaciones. ¿Te apetece que vayamos a un japonés?

Aquellas vacaciones podían sonar muy bien sobre el papel, pero estaba segura de que la realidad sería muy diferente. Apenas había soportado pasar media hora con Luca. ¿Qué pasaría cuando se quedara a solas con él durante todo un mes?

***

Luca avanzaba a grandes pasos por Park Avenue, de camino a su apartamento. Podía haber llamado a un taxi, pero necesitaba andar. Le ayudaba a concentrarse o, en aquel caso, a pensar en algo más. Porque había tenido que recorrer diez manzanas para poder sacársela de la cabeza. Aquellos ojos grises le perseguían.

No esperaba tener una reacción como aquella. Y tampoco la quería. A pesar de la delicadeza con la que él había intentado manejar la situación, aquella mujer había sido muy difícil. Y, aun así, no había podido evitar presionarla para ver el fuego que ardía dentro de ella. Debajo de aquel discreto traje gris se escondía una mujer apasionada, estaba seguro.

En cualquier caso, ¿qué importaba? Estaba convencido de que Edmund le aconsejaría que evitara cualquier tipo de enredo sentimental con Claire. También él sabía que sería lo más inteligente, pero Luca no siempre seguía los consejos de los demás.

Al doblar la esquina, Luca llegó por fin a su edificio. Bajo el toldo verde de la entrada estaba el portero del segundo turno.

–Buenas tardes, señor Moretti. Llega pronto hoy. Espero que todo vaya bien.

–No hay nada de lo que preocuparse, Wayne. En realidad, he venido antes para empezar a organizar unas vacaciones.

–¿Usted, señor? Creo que no se ha tomado unas vacaciones desde que se vino a vivir aquí.

–Es probable. La verdad es que he estado trabajando mucho últimamente. Voy a estar fuera un mes, en Martha's Vineyard. ¿Puede decirle al administrador del edificio que estaré fuera? Necesito que me guarde el correo hasta que regrese.

–Lo haré, señor. ¿Puedo preguntarle si piensa hacer algo divertido durante sus vacaciones?

–Quizá… eso depende de cómo vayan las cosas. Pero tengo la esperanza de poder divertirme.

Wayne abrió la reluciente puerta de cobre y retrocedió un paso.

–Bueno, espero que disfrute de las vacaciones. Desde luego, se las merece, señor.

–Gracias, Wayne.

Luca cruzó el vestíbulo de mármol y se dirigió hacia su ascensor privado. Sonrió mientras presionaba el botón que le llevaría a su apartamento. Claire pensaba que sabía mucho sobre él, pero se equivocaba en unas cuantas cosas. Para empezar, no vivía en un ático, sino en un piso situado en una décima planta. El ático era demasiado grande para él. En su piso disponía de tres dormitorios y un cuarto para el servicio que no utilizaba. Con eso era más que suficiente.

Cuando había comprado aquel piso estaba seguro de que pasaría solo el resto de su vida.

Se abrieron las puertas del ascensor ante el vestíbulo de mármol de su apartamento. Abrió la puerta, entró en el salón, se dirigió a su estudio y, una vez allí, se sirvió un dedo de whisky y se sentó en su butaca favorita.

Al ser el mayor de seis hermanos, de niño siempre había pensado que tendría su propia familia algún día. Había disfrutado de la camaradería y el caos de su infancia. Pero todas aquellas asunciones se habían ido por la ventana cuando, a los dieciséis años, su vida entera había descarrilado por culpa de una enfermedad inesperada: un cáncer de testículos. El tratamiento era tan agresivo que la mayoría de los pacientes quedaban estériles. Aunque le había resultado vergonzoso, había hecho algunas donaciones de esperma para que fueran congeladas en una clínica de fertilidad, pensando en el futuro.

Sin embargo, mientras lo hacía, Luca sabía que jamás lo utilizaría. El cáncer podía reaparecer en cualquier momento. Físicamente, no era el hombre que había sido antes. La cirugía plástica había corregido los defectos estéticos, pero él sabía la verdad. Y no podía iniciar una relación con una mujer conociendo sus limitaciones.

Y sabía de aquella limitación. La única vez que una mujer había proclamado haber concebido un hijo suyo se había permitido alimentar falsas esperanzas. Pero aquel bebé milagroso había terminado siendo de otro hombre, para decepción de todo el mundo, incluyendo a Jessica, aquella madre cazafortunas. Él siempre había sido tajante a la hora de utilizar protección y, después de aquello, era implacable. No quería que ninguna otra mujer pensara que podía tener un hijo suyo.

Dio un sorbo a su bebida y miró alrededor de su estudio. Las estanterías estaban llenas de libros que no había leído. En otra de las paredes había fotografías enmarcadas de lugares del mundo en los que nunca había estado. Había pasado de ser un niño a convertirse en un paciente de cáncer y, de ahí, a la universidad y a convertirse en director ejecutivo de la empresa. No había tenido tiempo para nada más.

Era una suerte que el hijo de Jessica no hubiera sido suyo. Aunque deseara tener una familia, no tenía tiempo para cuidar de ella. Desde el día de su nacimiento le habían preparado para hacerse cargo de los restaurantes Moretti. Cuando había caído enfermo, su madre le había escolarizado en casa para ayudarle a continuar con sus estudios mientras seguía el tratamiento. Tras la remisión de la enfermedad, Luca había ido a Harvard y había empezado a trabajar con su padre en las oficinas de la empresa. Su máster en Administración de Empresas le había permitido ganarse el puesto de vicepresidente y había puesto su sello en el imperio diversificando los restaurantes. Había comenzado lanzando una cadena de restaurantes de comida rápida italiana llamada Antonia en honor de su madre que había llegado a convertirse en una de las más importantes del mercado. Ocuparse de aquel monstruo la llevaba todo el tiempo del que disponía.

Y, de repente, descubría que tenía una familia con la que no había contado. Afortunadamente, en términos de tiempo y espacio, el piso podría adaptarse a la llegada de Eva. Lo más difícil sería adaptar el resto de su vida a la hija que acababa de descubrir.

Aquella adaptación comenzaba con el viaje. Lo primero que necesitaba hacer era llamar a su buen amigo Gavin Brooks. Gavin también era el heredero de un imperio familiar. La diferencia entre ambos residía en que su amigo dirigía BXS y tenía su propia familia. Sabine y él tenían dos hijos pequeños, uno de ellos una niña de meses llamada Beth.

–No es posible que Luca Moretti esté marcando mi número –contestó Gavin–. Mi teléfono dice que sí, pero mi amigo Luca nunca me llama.

Luca suspiró.

–Eso es porque tu amigo Luca trabaja demasiado y nunca sabe cuándo puede llamarte sin despertar a tus hijos.

–Tonterías. Jared es muy madrugador y Beth un ave nocturna. Aquí nadie duerme nunca. ¿Cómo estás, Luca?

–Si quieres saber la verdad, agobiado.

–¿Los restaurantes te están dando problemas?

–No, el trabajo va bien. Te llamo porque necesito ayuda con un problema… más personal.

–Pensaba que no tenías problemas personales.

–Y yo. Pero me acaba de caer uno encima y necesito tu ayuda.

–Claro, en todo lo que quieras. ¿Qué ocurre?

–Si te cuento algo, ¿me prometes que no se lo dirás a nadie?

–Parece que es algo serio. Guardaré el secreto.

–Gracias. Estoy intentando asegurarme de que no se sepa nada hasta dentro de unas semanas, sobre todo por mi familia. Ya sabes cómo son. Necesito hablar con ellos sin que interfiera nadie.

–Has tenido una recidiva –dijo Gavin en tono muy serio.

–No, gracias a Dios. Lo que pasa es que me he enterado de que soy padre.

–¿Padre? ¿Y esta vez es de verdad?

–Sí, ya están hechas las pruebas y ha quedado claro que tengo una hija que se llama Eva.

–Pero, espera, yo pensaba que no podías…

–Y no puedo. Pero congelé unas muestras de esperma antes de empezar el tratamiento contra el cáncer. En la clínica se confundieron y una mujer terminó teniendo un hijo mío, en vez de un hijo de su marido.

–¡Dios mío! ¿Y qué has hecho?

–Lo primero que hice fue denunciar a la clínica. Ahora estoy intentando negociar la custodia con la madre, y te aseguro que no está siendo fácil. No le ha hecho mucha gracia.

–Supongo que al marido tampoco.

–En realidad, su marido está muerto. Tuvo un accidente de coche cuando ella estaba embarazada.

–Yo pensaba que mi situación con Sabine no era fácil, pero la tuya es todavía peor.

–Gracias. Por eso quiero pedirte un favor: he propuesto que pasemos los tres una temporada juntos para llegar a conocernos. Ella no confía en que esté capacitado para hacerme cargo del bebé, y quiero convencerla de que todo va a salir bien.

–¿Por qué no te limitas a contarle que ayudaste a criar a tus hermanos pequeños y te pasas la vida rodeado de sobrinos? La última vez que viniste manejaste a Jared como un profesional.

–Dudo que me creyera. Es una mujer con mucho carácter, y es mucho más divertido provocarla.

–Parece que estas vacaciones podrían ser un poco peligrosas. ¿Dónde piensas ir?

–Ahí es donde entras tú. Me gustaría que pudiéramos quedarnos en la casa que tienes en la playa durante un par de semanas. O un mes, mejor.

–Por supuesto, ¿pero no prefieres quedarte en la casa que tienen tus padres en Hamptons?

–Para ello tendría que contárselo a mi madre y, tal y como están las cosas, he tenido que inventarme una excusa para que mi hermano se haga cargo del negocio mientras yo desaparezco durante un mes. Pienso contárselo pronto, pero necesito pasar un tiempo con Claire y con Eva sin tener a mi madre rondando a su nieta como un tiburón.

Gavin soltó una carcajada.

–Sí, te comprendo. ¿Cuándo piensas ir? Me encargaré de que limpien la casa y llenen la despensa antes de que llegues.

–No estoy del todo seguro, porque los dos tenemos que arreglar algunos asuntos en el trabajo, pero espero que podamos irnos la semana que viene.

–Así que vas a pasar cuatro semanas en la playa con una mujer a la que has dejado embarazada de forma accidental y con una hija a la que no conoces. Y a la mujer en cuestión no le caes bien.

–Sí, ese es un buen resumen de la situación –Luca suspiró.

–Pues te deseo suerte. Mañana te enviaré la llave. Y, solo por si acaso, le pediré a la señora de la limpieza que guarde cualquier objeto rompible.

Capítulo Tres

Claire paseaba nerviosa por el salón de su casa. Después de la reunión con Luca Moretti y con su abogado, las cosas habían ido más rápido de lo que esperaba. Su supervisor en el museo se había mostrado muy comprensivo. La exposición en la que Claire había estado trabajando se había inaugurado la semana anterior, y aquel era el momento perfecto para que se tomara unas vacaciones. Al quedarse sin excusas, había llamado a Luca para decirle que podría salir aquel mismo sábado.

Después, la había ganado su propia conciencia y, a pesar de la batalla que había estado librando durante aquellas semanas, había comprendido que Luca tenía que conocer a Eva. Y no creía que el lugar ideal para su primer encuentro fuera el asiento trasero de un coche alquilado. Así que, sin darse tiempo a arrepentirse, había invitado a Luca a pasarse por su casa el jueves por la noche.

Y estaba a punto de llegar.

Claire estaba temblando por los nervios. No había podido parar desde que había llegado a casa. Había limpiado el piso de abajo, había dado de mamar a Eva, la había bañado y le había puesto el pijama. La niña estaba tumbada en una manta de juegos, balbuceando mientras contemplaba al mono y al león de colores que se balanceaban por encima de su cabeza.

El sonido del timbre de la puerta estuvo a punto de provocarle un infarto. No entendía por qué estaba tan nerviosa. Pero la verdad era que no solo la alteraba la idea de que aquel millonario conociera su casa, aunque también eso resultaba intimidante. ¿Consideraría Luca que aquella casa no era suficientemente buena como para criar allí a su hija? ¿Pensaría que el barrio no era seguro? Cualquiera de aquellas cosas podía favorecer a Luca ante el juez.

En realidad, no creía que Luca pudiera tener ningún motivo de queja. Jeff y ella habían comprado y restaurado aquella bonita casa de ladrillo unos años atrás. Estaba en una zona de Brooklyn muy segura que contaba con colegios magníficos.

Cruzó el suelo de parqué para dirigirse a la puerta. Miró por la mirilla y vio a Luca esperando impaciente en los escalones de la entrada. Y le bastó mirarle para que un escalofrío le recorriera todo el cuerpo. No estaba segura de si estaba excitada o asustada ante la perspectiva de volver a verle. Al final, abrió la puerta mientras tomaba aire para dejar de lado todos aquellos sentimientos.

–Buenas noches, señor Moretti –le saludó.

Luca sonrió y cruzó la puerta. Llevaba un osito de peluche rosa en los brazos y una expresión más relajada que la que tenía en el despacho del abogado.

–Por favor, te pedí que me llamaras Luca –insistió él.

Claire ya sabía que Luca lo prefería, pero a ella le resultaba demasiado íntimo. Tenía la sensación de que todo sería más fácil si conseguía mantener cierta distancia emocional, aunque la esencia de su colonia ya estuviera haciéndola sentir el latido del pulso en la garganta. Ignorando su petición, cerró la puerta tras él.

Luca aprovechó la oportunidad para observar su casa, admirando los detalles arquitectónicos que ella se había esforzado tanto en conservar. Claire prefería observarle a él. Estaba muy atractivo aquella noche, con un traje azul marino que realzaba la anchura de sus hombros y la estrechez de sus caderas. Lo combinaba con una corbata de dibujos geométricos azules y marrones similares al tono chocolate de las ondas de su pelo.

Claire cerró los ojos para apartar aquella imagen de su mente. ¿Por qué tenía que estar analizando su aspecto? Luca podía ser el padre de Eva, pero aquello no había ocurrido a la antigua usanza. Pensar en él en aquellos términos era muy peligroso, estando todavía en el aire la resolución de la custodia. No podía permitirse ningún error en lo que a Eva se refería.

—Quiero darte las gracias por la invitación —dijo Luca mientras ella tomaba su abrigo y lo colgaba en el armario de la entrada—. Soy consciente de lo difícil que es esto para ti.

Claire forzó una sonrisa.

—Era lo menos que podía hacer. Al fin y al cabo, vas a invitarnos a pasar un mes en la playa.

—En realidad, eso deberías agradecérselo al director ejecutivo de Brooks Express Shipping. Fuimos juntos a la universidad. La casa a la que vamos a ir es suya y nos va a hacer el favor de dejárnosla.

–Por supuesto –contestó ella riendo secamente.

Claire jamás había estado rodeada de gente tan millonaria, pero no la sorprendía que se conocieran entre ellos. Sacudió la cabeza, se apartó de Luca y se dirigió hacia la entrada del cuarto de estar.

–Bueno, esta es Eva –dijo, alargando el brazo hacia el lugar en el estaba la niña.

Luca se volvió hacia allí y se quedó paralizado en cuanto posó los ojos sobre su hija. Para ser un poderoso director ejecutivo que siempre tenía el control sobre todo parecía estar totalmente perdido. Ni siquiera dio un paso hacia adelante.

Claire decidió ayudarle. Cruzó la habitación, agarró a Eva en brazos y se volvió hacia Luca.

–Mira quién ha venido a vernos, Eva. A partir de ahora vas a tener otro amigo.

Eva volvió la cabeza hacia Luca, contemplando con sus enormes ojos grises a aquel recién llegado. Luca por fin pareció relajarse y se inclinó hacia la niña con una enorme y cariñosa sonrisa.

–Hola, *bella*.

Eva le recompensó con una babeante sonrisa. Normalmente era tímida con los desconocidos, pero pareció congeniar con Luca de inmediato. Cuando él alargó el brazo hacia ella para acariciarla, la niña le agarró el dedo y se lo retuvo con fuerza.

–Parece que nos hemos entendido, ¿eh? ¿Qué te parece si cambias mi dedo por un osito?

Luca alzó el osito rosa y Eva desvió inmediatamente la mirada hacia su nueva presa. Le soltó el dedo y alargó la mano hacia el juguete con un grito de alegría.

Luca se lo tendió riendo y se echó a reír al ver que le mordía la oreja.

—Se lo lleva todo a la boca —le explicó Claire—. Gracias por el regalo.

—Debería habérselo traído hace mucho tiempo —respondió Luca con una sombra de tristeza.

Claire se sintió culpable por el papel que había jugado ella en aquel retraso. Stuart tenía razón: Luca no tenía la culpa de nada.

—¿Quieres cogerla en brazos? —le preguntó ella.

—Sí —contestó Luca con emoción.

—Allá vamos —dijo Claire, con el tono dulce que empleaba para hablar con Eva.

Luca agarró a la niña en brazos como un auténtico profesional. Quizá fuera la suerte del principiante.

—Hola, cosita —ronroneó—. Me temo que, antes de que me dé cuenta, me vas a tener comiendo de tu mano.

Claire retrocedió un paso para permitir que Luca disfrutara de aquel momento. Al cabo de unos minutos, Luca se acercó al sofá y se sentó con la niña sobre la rodilla. Claire no tardó en comprender que tenía razón: estaba loco por su hija, y eso que acababan de conocerse.

La intensidad de aquel momento la golpeó como un puñetazo en las entrañas. Claire se tambaleó ligeramente y se aferró al marco de la puerta de la cocina. Luca no lo notó. Solo tenía ojos para Eva. Lo que había desequilibrado a Claire había sido el ser consciente de que ella debería haber disfrutado de un momento como aquel meses atrás, con Jeff a su lado. Debería haber disfrutado de la oportunidad de contemplar a su marido sosteniendo por primera vez en brazos a su hija con la misma mirada de asombrada admiración.

En cambio, su experiencia en el hospital había sido agridulce. Había acunado a su hija entre lágrimas de alegría y de tristeza. No había podido vivir aquel momento con Jeff porque este había tenido un accidente de coche con su amante. Y, de todas formas, no habría podido disfrutarlo porque Eva ni siquiera era su hija.

Mientras observaba a Luca, fue consciente del acusado contraste entre Jeff y él. Y no solo porque Luca fuera un hombre moreno y Jeff hubiera sido el prototipo rubio de un americano atractivo. Era una diferencia a un nivel biológico, quizá incluso a un nivel celular.

Apenas conocía a Luca, pero reaccionaba a él como no lo había hecho con ningún otro hombre. Había una intensidad en su manera de mirarla que se le metía bajo la piel. Todo, desde su autoritaria presencia a su marcado estilo, reclamaba su atención. Incluso su olor bastaba para despertar en ella una intenso y no bienvenido deseo.

Luca era todo lo que no debería desear. Era peligroso. Era un hombre acostumbrado a que le obedecieran y dispuesto a hacer cuanto fuera necesario para conseguirlo. Y también parecía el típico hombre capaz de dejar tras de sí una estela de corazones rotos. Claire estaba decidida a no convertirse en uno de ellos.

Tomó aire intentando concentrarse en sí misma y alzó la mirada. Descubrió entonces que Luca la estaba observando. A pesar de la naturalidad de su mirada, sintió que el nudo que tenía en el vientre se tensaba. No estaba malinterpretando la situación. Luca estaba dejando claro que él también se sentía atraído hacia ella. A lo mejor era una estrategia para ablandarla, pero, cuando la miraba de aquella manera, tenía la sensación de que cualquier tipo de resistencia sería inútil.

Dos días después, Luca estaba llamando de nuevo a su puerta, esperando a que Claire le abriera.

–¡Un segundo! –la oyó gritar desde las profundidades de la casa.

Luca oyó pasos que se acercaban.

–Puede llevarse estas bolsas y el parque –comenzó a decir ella mientras abría la puerta, pero se interrumpió en seco–. ¿Luca? ¡Lo siento, pensaba que ibas a enviar un chófer!

Luca negó con la cabeza.

–Al final he cambiado de opinión –agarró la bolsa que estaba más cerca de la puerta–. Voy a meter esto en el coche.

Claire asintió. Todavía no se había recuperado de aquella inesperada aparición.

–Tengo aquí la sillita de Eva. Nos llevará unos minutos instalarla.

–No hace falta. Ya tengo una en el coche.

Claire le miró con el ceño fruncido, pero Luca se limitó a dar media vuelta y avanzó con las bolsas. Sabía que no debería disfrutar tanto al sorprender a Claire, pero lo hacía. Era consciente de que tenía muchos prejuicios sobre él, y le encantaba ir desmontándolos uno a uno. Mientras guardaba el equipaje en el Range Rover, advirtió que Claire se estaba acercando al coche con Eva en brazos. Sin decir una sola palabra, Claire abrió la puerta del coche para ver la sillita.

Luca no dijo una sola palabra. Volvió a por más bolsas, las cargó en el coche y esperó en la acera a que Claire emitiera un juicio.

—¿Te parece bien? —le preguntó por fin.

Claire se volvió para mirarle con expresión de asombro.

—Sí, es perfecta.

—No tienes por qué sorprenderte tanto, Claire. Dirijo una corporación millonaria. Soy capaz de comprar e instalar una sillita para el coche.

—Yo no… No pretendía… No creo que…

—¿Hay que meter más bolsas? —la interrumpió él, ahorrándole la justificación.

—No, ya está todo. Voy a sentar a Eva y a cerrar la casa.

A partir de entonces, no tardaron mucho en tomar la carretera.

Claire hizo la primera parte del viaje en el asiento de atrás. Cuando pararon para descansar, Eva ya se había quedado dormida, así que se pasó al asiento de delante. Comenzaron a hablar entonces de los restaurantes de Luca y de las exposiciones de Claire en el museo. Y para cuando salieron del ferri que les había llevado hasta Martha's Vineyard, Luca ya estaba ansioso por llegar a su destino.

—¡Por fin! —exclamó mientras tomaba un desvío.

Se detuvo después para contemplar la casa. Era un edificio abuhardillado de dos plantas con una clara influencia holandesa. Luca aparcó delante del camino de la entrada y salieron los dos del coche.

–Bueno, ¿qué te parece?

Claire, que estaba admirando la casa boquiabierta, se volvió para contemplar las vistas de Katama Bay y el océano Atlántico.

–Es preciosa. Y enorme. ¿Tu amigo no la va a necesitar en todo este mes?

–No, Gavin trabaja tanto como yo. Compró la casa para poder venir en verano.

Claire regresó al coche para sacar la sillita de Eva y llevar a la niña a la casa. Luca la siguió con parte del equipaje y las llaves. Abrió la puerta y la empujó para que Claire pasara antes que él. Pasaron entonces a un pequeño cuarto de estar con una chimenea y un despacho. A su izquierda tenían la escalera.

–Gavin me dijo que el salón y el dormitorio están en el piso de arriba para así poder disfrutar de las vistas.

Subieron la escalera hasta llegar a un espacioso salón. Era espectacular. Con techos abovedados, vigas de madera y unos ventanales desde el suelo hasta el techo desde los que contemplar la bahía. Claire se dirigió desde allí hasta la luminosa cocina, tan grande como para acoger a toda una familia.

–Ahora mismo vuelvo.

Luca bajó de nuevo e hizo varios viajes para sacar el equipaje antes de aparcar el coche en el garaje. Para cuando regresó al piso de arriba, Claire ya tenía a Eva en brazos. Estaban en la terraza, disfrutando del sol y de la brisa.

Estaba deseando unirse a ellas, pero no sabía si interrumpir aquel momento de intimidad entre madre e hija. Claire miraba a Eva con expresión de absoluta alegría. Con la melena dorada y aquel vestido de verano parecía un ángel. Luca notó una opresión en el pecho mientras la veía abrazar a su hija al tiempo que señalaba los pájaros que volaban en el cielo.

Saber de la existencia de Eva había sido un duro impacto, pero, hasta unos días atrás, la niña había sido más una idea que una realidad. Ver a Eva por primera vez lo había cambiado todo. Cuando la había sostenido entre sus brazos, había sentido que algo se movía muy dentro de él. Tras pasar unos cuantos minutos con ella, habría hecho cualquier cosa por su hija. Nada parecía ya tan importante como mantener a Eva a salvo y feliz.

—¿Cuántos dormitorios hay en la casa?

La voz de Claire se elevó por encima de sus pensamientos. Luca esperaba que no hubiera advertido la intensidad de su mirada.

—Cuatro. El principal está a la izquierda del salón y los otros tres en el piso de abajo.

Claire miró a su alrededor, estudiando la casa. Probablemente no estaba segura de cómo iban a organizarse para dormir. Era evidente que no iban a compartir el dormitorio, por mucho que a él le apeteciera.

—Eva y tú dormiréis en el dormitorio principal. Gavin me ha dicho que hay una cuna porque compraron la casa poco después de que Beth naciera. También hay sitio suficiente como para colocar el parque y todas las cosas de Eva.

Abrió la puerta del dormitorio principal e hizo un gesto para que entraran.

–¿Estás seguro? –preguntó ella mientras supervisaba aquella habitación de paredes amarillas y una enorme cama de hierro–. También estaríamos bien en el piso de abajo.

–Tonterías. Es perfecta para ti.

Y lo era. Parecía hecha para Claire. Elegante, alegre, confortable y sin artificios. Claire era todo eso y mucho más. Su belleza era natural y su estilo de vestir cómodo y elegante. Hasta su fragancia era perfecta, una mezcla de vainilla y canela.

Y no solo eso. Durante el viaje, le habían impresionado su inteligencia y su capacidad para expresarse. Luca esperaba que Eva fuera tan inteligente y atractiva como su madre. No podría haber elegido a una mujer mejor como madre de su hija. A veces el destino actuaba de forma muy misteriosa.

–Os dejaré para que os acomodéis. Seguro que te viene bien echarte una siesta después de un viaje tan largo.

Claire se echó a reír y se sentó en la cama.

–No creo que yo vaya a dormirme, pero seguro que nos viene bien que Claire duerma un rato.

Luca asintió y salió del dormitorio. Bajó la escalera hasta llegar al primer piso y, una vez allí, tomó aire y exhaló la esencia de Claire que había impregnado sus pulmones, deseando poder apartarla con la misma facilidad de sus pensamientos.

Agarró la maleta y se fue a su dormitorio, el más alejado del de Claire. Era una habitación de paredes azules decorada con muebles de madera envejecida. Pero eso era lo de menos. Lo único que necesitaba era una cama y un espacio que le mantuviera separado de Claire para poder mantener la cabeza despejada. Cuatro semanas eran mucho tiempo para pasarlo a solas con ellas. Con el deseo que despertaba en su interior con solo mirarla, le iban a parecer una eternidad.

Capítulo Cuatro

El sol de la mañana despertó a Claire de su sueño. Bostezó y se estiró en la cama, disfrutando del perezoso lujo de no haber puesto el despertador. Por primera vez desde hacía mucho tiempo se sentía descansada. Había dormido como un tronco. No había vuelto a dormir así desde que Eva había nacido.

Un momento… ¡Eva!

Se sentó en la cama y miró la cuna. Cuando no la despertaba el despertador, lo hacía la niña, así que, si todavía seguía dormida, era que le ocurría algo. Pero la niña no estaba allí.

–¿Eva? –la llamó con un punto de terror.

Apartó las sábanas y se levantó de un salto. Una rápida mirada a su alrededor le confirmó lo que ya sabía. Eva había desaparecido.

–¡Eva! –gritó mientras salía corriendo del dormitorio.

Se paró de pronto, sin estar muy segura de poder creer lo que estaban viendo sus ojos.

–Buenos días, ¿tienes hambre?

Luca estaba en la cocina, con Eva apoyada en la cadera. Estaban preparando juntos el desayuno. El millonario estaba preparando la mezcla para las tortitas mientras le mordisqueaba los dedos a la niña y emitía sonidos como estuvieran deliciosos. Era una imagen surrealista después de su tensa reunión. ¿Aquel era el mismo hombre que la había amenazado con enviarla a prisión?

–Estamos disfrutando de nuestra primera mañana, ¿verdad, *bella*? Nos hemos tomado un café y un biberón contemplando a las gaviotas desde la terraza y después hemos decidido preparar unas tortitas.

Claire se alegró de encontrar a Eva a salvo, pero no le hizo ninguna gracia el susto que le había dado Luca.

–Claire, ¿estás bien?

Claire no contestó. Se limitó a cruzar el salón a grandes zancadas para agarrar a Eva y estrecharla contra su pecho.

–Por favor, no vuelvas a hacer eso.

–¿Te refieres a lo de levantarla y ocuparme de ella como le corresponde hacer a un padre?

Claire le miró con el ceño fruncido.

–El objetivo de este viaje era que yo pudiera sentirme cómoda con tu relación con Eva. Han pasado menos de veinticuatro horas y puedo asegurarte que todavía no lo estoy.

–Lo siento –contestó Luca, rodeando la isleta de la cocina con una taza de café en la mano–. Me levanto pronto, así que he ido a buscarla para que pudieras dormir. Si te hubiera despertado para pedirte permiso no habría servido de nada. ¿Te apetece un café? Lo he hecho para ti, pero no te he pedido permiso, así que a lo mejor no lo quieres.

Claire ignoró la dureza de su tono. Estaba enfadado, pero no le importaba. Todavía era demasiado pronto como para que Luca comenzara a ignorar ciertos límites.

—Claro —contestó con voz queda, estaba un poco desconcertada y no del todo satisfecha con su capacidad para manejar la situación en aquel estado—. Gracias.

Luca dejó la taza en el mostrador y regresó a la cocina. Cuando se volvió, Claire estudió rápidamente a Eva y descubrió que estaba alimentada, cambiada y limpia. Parecía contenta y en absoluto preocupada por el hecho de estar con un desconocido. Era evidente que Claire había subestimado la capacidad de Luca para cuidar de un niño.

—¿Quieres beicon?

Claire se volvió de nuevo hacia Luca.

—Sí, gracias.

Se sentó en uno de los taburetes de la cocina para verle trabajar. El hombre de negocios parecía haberse quedado en Manhattan y, en su lugar, había aparecido otro que parecía estar disfrutando de sus vacaciones. Llevaba una camiseta azul y unos pantalones de pijama a cuadros e iba descalzo. Tenía el pelo ligeramente revuelto y una sombra de barba en la mandíbula.

Claire imaginó que era una imagen a la que poca gente, al margen de su familia más cercana, estaba acostumbrada. Y le gustó. Más de lo que quería admitir. Se preguntó lo que sería sentir aquella barba hirsuta contra su mejilla. Contra sus muslos… Cerró los ojos con fuerza para apartar aquella imagen de su mente. No podía enfadarse con él y al segundo siguiente estar fantaseando con Luca. Aquello era una locura.

Cuando volvió a abrir los ojos, se concentró en su manera de cocinar. Se movía por la cocina con fluidez y determinación. Sabía lo que estaba haciendo. Y, por alguna razón, aquello la sorprendió. En aquel hombre había muchas cosas que no eran lo que parecían.

—Sabía que dirigías una cadena de restaurantes, pero jamás se me habría ocurrido pensar que también sabías cocinar —admitió.

Luca dio una vuelta a una tortita y miró a Claire con una encantadora sonrisa.

—En mi familia la comida es la vida. En cuanto un niño tiene edad suficiente como para pelar una patata, le ponen a ayudar a preparar la comida de los domingos.

—¿Tienes una familia muy numerosa?

Luca rio para sí y le dio la vuelta a otra tortita.

—Sí, soy el mayor de seis hermanos. Y mi padre el mayor de cinco. Cuando nos juntamos todos los primos con sus respectivas esposas es fácil que lleguemos a ser unos cincuenta.

—¿Y tú cuidabas de tus hermanos?

—¿Te ha sorprendido mi capacidad para hacerme cargo de un bebé?

Claire curvó los labios con una sonrisa de culpabilidad.

—Sí, y me da vergüenza admitirlo.

—Además de mis hermanos, tengo docenas de sobrinos a los que veo de vez en cuando. He cuidado a niños de todas las edades. Eva está en buenas manos, te lo aseguro.

—¿Por qué no me contaste todo eso en el despacho del abogado?

–Habías llegado a conclusiones erróneas sobre mí y no quise sacarte de tu error. Ahora que estamos aquí, podemos llegar a conocernos tal y como somos y no como otros nos perciben. Vas a descubrir que muchas de tus preocupaciones son infundadas.

Deslizó cuatro tortitas perfectas en una fuente y añadió unas lonchas de crujiente beicon. Después colocó el plato delante de Claire.

–¡Pero esto es una tonelada de comida! –exclamó ella.

–Bueno, ese es el único problema que tengo en la cocina. No sé cocinar para dos personas. O cocino para un ejército o no cocino.

Claire ni siquiera podía imaginar lo que era tener familia numerosa. Ella solo tenía a Eva. Alzó a la niña y la sentó en una trona para poder comer. Cuando la niña comenzó a golpear la bandeja, Luce le puso un puñado de cereales para que fuera comiendo mientras desayunaban.

–¿Y cómo es tu familia? –preguntó Luca mientras se servía su propio plato.

–No es como la tuya. Soy hija única. Y mis padres también eran hijos únicos. Mi padre tenía que viajar mucho por motivos de trabajo, de modo que solo estábamos nosotros tres.

–¿Y ahora?

Parecía una pregunta sencilla, pero no lo era. Claire tenía una familia, y, al mismo tiempo, no la tenía.

–Ahora solo estamos Eva y yo. Mi padre murió de un infarto cuando yo estaba en la universidad. Mi madre volvió a casarse y, como yo ya me había ido de casa, su vida comenzó a girar alrededor de su marido. No la veo mucho porque vive en San Francisco. Yo me casé con Jeff poco después de que ella se fuera, así que no noté mucho su ausencia. La familia de Jeff me acogió en sus reuniones y sus fiestas incluso antes de que nos casáramos. Durante mucho tiempo fue también mi familia. Pero ahora lo he perdido todo.

–¿Quieres decir que desde que murió tu marido no han contado contigo?

Claire se encogió de hombros.

–No es tan sencillo. Su muerte fue un golpe muy duro para todos nosotros. Y las circunstancias hicieron que fuera una situación embarazosa para todo el mundo. Supongo que no saben qué decirme.

–¿Puedo preguntar cuáles fueron esas circunstancias?

Claire lo había contado tantas veces que no debería importarle contarlo una más. Pero le costaba.

–Mi marido murió en un accidente de coche con su amante. Me dijo que tenía un viaje de trabajo, pero estaba con ella. Yo jamás me habría enterado, pero se salieron de la carretera y chocaron contra un árbol. La policía pensó que ella estaba… distrayéndole de alguna manera. En aquel momento yo estaba embarazada de cinco meses –continuó explicando–. Es difícil perder a alguien a quien amas y con quien, al mismo tiempo, estás enfadada. Creo que su familia no sabía cómo tratarme después de eso. Cada vez que veían a Eva, la muerte de Jeff revoloteaba sobre nosotros como una nube oscura. Pero no he vuelto a saber nada de ellos desde que les conté el fallo que había cometido la clínica. Al parecer, tanto Eva como yo somos prescindibles ahora que no somos parientes de sangre.

Tras escupir las últimas palabras, se metió un pedazo de tortita en la boca. Contar aquella historia a Luca había sido peor que contársela a cualquier otro. No quería que la viera como una mujer sola y patética.

–Eso significa que estáis solas Eva y tú.

Claire asintió mientras masticaba. Era cierto. Eva era todo lo que tenía, por eso había luchado con fiereza para no perderla.

–Algún día espero volver a casarme y tener otro hijo. Pero aunque eso no llegue a ocurrir, me alegro de poder contar con Daisy, la niñera de Eva. Para mí es como parte de mi familia.

Luca arqueó las cejas.

–¿Una niñera? ¿Después de cómo me reprochaste el que quisiera abandonar a Eva con una niñera?

–No es lo mismo –replicó Claire–. No quería que ignoraras a la niña. Daisy solo se ocupa de Eva cuando estoy en el museo, me pareció mejor opción que llevarla a la guardería siendo tan pequeña. En cuanto sea un poco más mayor la llevaré a una escuela infantil. Ya he hecho varias solicitudes.

–¿Dónde encontraste a Daisy? ¿Investigaste debidamente su pasado para asegurarte de que era una persona digna de confianza? ¿Tenías referencias?

–Sí, venía muy bien recomendada y no he tenido ningún problema con ella. Durante todos estos meses ha sido como un regalo del cielo.

–Estoy seguro de que hiciste todo eso y más. Solo

pretendía hacerte pasar un mal rato, *tesorina*. Me parece que es justo, ¿no crees?

Claire le había causado mucha tristeza, era consciente de ello. Miró a Eva, que estaba intentando capturar un cereal con sus dedos regordetes.

—Haré todo lo que sea necesario para asegurarme de que esté a salvo y feliz, Luca. ¿Me culpas por ello?

Luca desvió la mirada de Eva para mirar a Claire, que comprendió que estaría dispuesto a hacer cualquier cosa por su hijita. De hecho, parecía tan profundamente conmovido con su hija que Claire se preguntó por qué no habría formado ya su propia familia.

—¿Qué es esto?

Luca, que estaba preparando la cena, alzó la mirada y vio a Claire en la entrada de la cocina, sosteniendo los documentos que el abogado le había preparado. Los había dejado sobre la mesita del café para que pudieran hablar de ellos.

—Es la propuesta de custodia que le envié a Stuart. No estaba seguro de que la hubieras leído, así que quería asegurarme de que tuviéramos un punto de partida.

—No la he leído —admitió Claire con expresión culpable.

A Luca no le sorprendió. La mujer que se había sentado frente a él en el despacho de su abogado no tenía ningún interés en su oferta. Y, a juzgar por su expresión, aquello no había cambiado.

–¿Quieres que hablemos ahora de ello?

Claire miró la carpeta y la dejó sobre la isleta de la cocina.

–No, la verdad es que no.

–¿Puedo preguntar por qué?

–Porque estoy de buen humor y no quiero perderlo con una discusión. Además, hasta ahora mi posición no ha cambiado. Sigues siendo un desconocido. Un desconocido al que se le dan bien los niños, pero al que todavía no quiero cederle a mi hija.

–Nuestra hija.

–La cuestión es que todavía no estoy preparada, así que no tiene sentido hablar sobre ello. Pero lo leeré.

–En ese caso, aplazaremos la conversación. La cena ya está casi lista. ¿Qué te parece si abrimos un vino?

Claire se acercó a la estantería de los vinos y estudió la selección.

–¿*Chianti* o *merlot*? –preguntó.

–*Chianti* –contestó Luca mientras sacaba la lasaña del horno–. Ese todavía no lo hemos probado.

La primera semana en la playa había pasado como un suspiro, como ocurría siempre en las vacaciones. Aunque habían ido hasta allí con intención de llegar a un acuerdo de custodia, hasta entonces ambos habían evitado el tema. Y era obvio que Claire todavía necesitaba más tiempo. No le importaba. Día tras día, Claire iba aflojando las riendas y Luca no tenía la menor duda de que, al final de aquel viaje, no tendría ningún problema en permitirle pasar más tiempo con su hija.

Claire había demostrado ser una compañía deliciosa. Su actitud hacia Eva era fieramente protectora, pero, una vez había conseguido superar aquella barrera, a Luca le había encantado ver su lado más agradable. De hecho, era la clase de mujer que querría en su vida... en el caso de que quisiera una mujer.

–No me puedo creer que hayas conseguido dormirla tan rápido –comentó Claire mientras llevaba el vino a la mesa.

También Luca estaba sorprendido, pero la verdad era que habían tenido un día agotador.

–Gracias por dejarme acostarla –había sido la primera vez desde que habían llegado.

–De nada. De todas formas, creo que le gusta más cómo cantas tú.

–Lo dudo. Las vacaciones pueden llegar a ser agotadoras. Iba a quedarse dormida en cualquier momento. Si quieres que te sea sincero, no sé si yo voy a aguantar mucho despierto.

Claire sirvió el vino, agarró el cuenco de ensalada y se acercó a la mesa para disfrutar de su festín.

–Todo huele maravillosamente.

–Huele a la cocina de mi madre. Ajo, especias, salsa de tomate, queso... La cena del domingo está servida.

Le sirvió a Claire una porción de lasaña y se sirvió después otra.

–Voy a engordar –protestó ella–. Cocinas demasiado bien. Solo llevo una semana contigo y ya están empezando a apretarme los pantalones.

–Intenta disfrutar. Estás tan delgada que puedes permitirte ganar un par de kilos.

–Todavía estoy batallando contra los kilos que gané

en el embarazo, así que te aseguro que no es ese el caso –contestó ella riendo.

–No sé a qué te refieres. A mí me parece que estás increíble. Si te llevara a casa, mi madre insistiría en que estás demasiado delgada y te obligaría a comer.

Se encogió al oír salir aquellas palabras de sus labios. Claire se tensó en la silla a su lado y Luca comprendió que también a ella le costaba pensar en él en esos términos. Al cabo de unos segundos, Claire pareció relajarse y se limitó a negar con la cabeza.

–Ni siquiera puedo imaginármelo. ¿Cómo se tomó tu familia la noticia de lo de Eva?

–Todavía no se lo he contado –reconoció Luca–. Creo que mi madre ya ha renunciado a la esperanza de que tenga hijos, así que averiguar lo de Eva será un auténtico terremoto. Los imagino como un enjambre de abejas alrededor de un panal de miel. Quería que nos dejaran un poco de espacio. Lo de alejarnos de Manhattan ha sido en parte por eso. Pero pronto lo averiguarán.

–¿Dónde creen que estás ahora?

–Les dije a mis hermanos que me iba de vacaciones con una mujer preciosa y ellos aceptaron ocuparse de mi trabajo y no decírselo a nadie. Seguramente porque están tan desesperados como mi madre por encontrarme una mujer.

–¿Y no te importa mentirles?

–No les estoy mintiendo. Les dije que iba a irme de vacaciones con una mujer preciosa, y eso es absolutamente cierto.

Un suave rubor se le extendió por las mejillas a Claire, distrayendo a Luca de la comida.

–No tienes por qué adularme.

–No te estoy adulando, *tesorina*. Estoy hablando completamente en serio. ¿No eres consciente de lo atractiva que eres?

Claire le miró boquiabierta mientras intentaba recomponer sus pensamientos.

–Bueno, creo que no estoy mal. Pero no soy ninguna supermodelo ni una sofisticada ama de casa de Upper East Side.

–Toda esa belleza es producto de la cirugía y del Photoshop. Yo prefiero mil veces una belleza natural.

–Creo que estás en franca minoría, Luca.

–¿Tu marido nunca te dijo lo atractiva que eras?

Clara bajó la mirada y removió nerviosa la comida del plato.

–En realidad no. No era uno de esos hombres dados a las alabanzas. Sobre todo al final de nuestra relación.

Luca se reclinó en la silla e intentó asimilar lo que Claire acababa de decirle.

–Lo siento –dijo por fin.

–¿Qué es lo que sientes? –preguntó ella, abriendo los ojos como platos.

–Que tu marido no te tratara como te merecías.

–Teníamos problemas… –replicó Claire–. Yo estaba tan obsesionada con tener un hijo que me olvidé de cuidar mi matrimonio. Creo que se sentía solo.

–Eso no es ninguna excusa –respondió Luca, inclinándose hacia ella y cubriendo su mano con la suya–. Es normal que una mujer quiera tener un hijo. Cuando las cosas se ponen difíciles, el marido debe ofrecer más apoyo que nunca. A mí me enseñaron que la mujer es un regalo, un ángel que el cielo envía a tu vida. Y que tratarla como si no lo fuera es una aberración.

Ella le escuchaba con una mezcla de incredulidad y asombro en sus ojos grises. Se inclinó hacia él con los labios entreabiertos. Unos labios suaves, llenos, que llevaban demasiado tiempo sin recibir un beso. Claire se merecía algo mejor. Desgraciadamente, él no era el hombre que podía dárselo. Retrocedió y apartó la mano.

Ella salió también del trance y bajó la mano hasta su regazo.

–¿De verdad crees lo que estás diciendo?

–Sí. Mis padres llevan casados treinta años manteniendo siempre esa filosofía.

–¿Puedo preguntarte entonces por qué no te has casado? Seguro que hay muchas mujeres a las que les encantaría que las trataras como un preciado regalo.

Luca intentó no tensarse ante aquella pregunta. Él había indagado en la vida personal de Claire y era justo que ella también lo hiciera. Pero en su terreno había minas que no quería pisar.

–Desde que nací, me educaron para hacerme cargo del negocio familiar. Cuando mi padre se jubiló, tuve que asumir ese enorme peso sobre mis hombros para mantener la compañía en funcionamiento. No me ha quedado mucho tiempo para nada más. No solo para las relaciones. Apenas tengo aficiones o intereses al margen del trabajo. Lo único que tengo es un negocio.

–¿Nunca has estado enamorado?

–No –mintió–. Estuve a punto, pero estaba equivocado.

–Qué lástima. Al final solo tienes tu dinero y tu éxito. Ni siquiera puedes disfrutarlo con nadie. ¿Cuándo te fuiste de vacaciones por última vez?

Luca pensó en ello, pero sabía que no tenía una respuesta.

–En realidad, nunca he ido de vacaciones siendo adulto. A veces paso algún fin de semana en Hamptons con mi familia durante el verano.

–Parece que pronto vas a convertirte en un viejo soltero. ¿Qué hará tu familia si no tienes pronto un hijo que se convierta en tu heredero?

–Bueno, ya no estamos en los años cincuenta. En ninguna parte está escrito que tenga que ser un varón y, gracias a esta retorcida vuelta del destino, tengo a Eva en mi vida. Siempre existe la posibilidad de que me sustituya a mí.

–Si ella quiere. Es bonito tener un legado familiar, pero no quiero que se sienta presionada a trabajar en algo que no quiera.

–Por supuesto –tampoco lo quería Luca.

Afortunadamente, él no había tenido que recibir ninguna presión. Siempre había soñado con dirigir aquella compañía.

Claire volvió entonces a concentrarse en la comida. Luca la miró pensativo, fijándose en sus ojeras y en el gesto de cansancio de sus hombros. El estrés la estaba devorando. Conocía aquella mirada porque la había visto en su madre sentada a su lado en el hospital sufriendo por él. Entonces no estaba en condiciones de ayudar a su madre, pero podía ayudar a Claire. Ser madre soltera tenía que ser terriblemente difícil.

Habían ido allí con intención de conocerse y llegar a un acuerdo de custodia, pero en aquel momento Luca se planteó un nuevo objetivo: encontrar la manera de hacer feliz a Claire.

Capítulo Cinco

Claire no pudo dormir aquella noche. En la cabeza le daba vueltas todo lo que Luca le había dicho durante la cena. No estaba segura de si le había dicho la verdad o era experto en encandilar a una mujer diciéndole lo que necesitaba oír, pero, para cuando habían terminado de cenar, habría estado dispuesta a hacer cualquier cosa que él sugiriera. Cosas que incluso podían ser una mala idea.

Como acariciarle. Durante toda la cena había estado deseando acariciar las ondas de su pelo. O deslizar el dedo pulgar por su labio inferior mientras le oía pronunciar las palabras que siempre había anhelado escuchar en la boca de un hombre.

Había ido hasta allí para conocer mejor al padre de su hija, pero no en un sentido bíblico. Después de su desastrosa relación con Jeff se había resignado a no volver a enamorarse. Si lo hacía, tendría que ser de un hombre honesto, y no podía confiar en Luca. Eran oponentes en la batalla por la custodia de su hija.

Frustrada, apartó las sábanas y salió al salón. Aquella noche, sofocada por el vino, había elegido un camisón de tirantes muy finos, corto y casi transparente. Afortunadamente, la casa estaba en silencio y a oscuras cuando salió al pasillo. No estaba muy segura de lo que buscaba, pero terminó en la cocina.

La luz de la luna que se filtraba por las ventanas iluminaba cuanto necesitaba ver. Decidió prepararse una infusión. Sacó una taza del armario y la metió con agua en el microondas. Abrió la nevera y revisó su contenido, buscando algo que pudiera apetecerle, pero no encontró nada. Cuando el agua estuvo caliente, metió el sobre en la taza y añadió miel.

Tardó unos segundos en volver a acostumbrarse a la oscuridad y, cuando lo hizo, descubrió una alta silueta en el borde de la cocina. Le asaltó el pánico, pero reconoció a Luca y el corazón le volvió a latir con normalidad. Bueno, por lo menos hasta que se dio cuenta de que solo llevaba puestos unos bóxer.

La luz plateada de la luna realzaba las curvas de sus musculosos brazos y de su cincelado pecho. Y alumbraba el vello que descendía en forma de flecha hasta su vientre. Claire siguió con la mirada el trazado de los abdominales y sintió una acidez extraña en su interior. No, no era acidez, admitió para sí. Era deseo. Ya casi había olvidado cómo era.

—¿Estás bien? —le preguntó él.

—Sí. Pero no podía dormir.

—Yo tampoco.

Luca recorrió con la mirada el minúsculo camisón y apretó la mandíbula de una manera que la llevó a preguntarse si el insomnio de ambos no estaría provocado por lo mismo.

—¿Quieres una infusión? —le preguntó—. Acabo de prepararme una manzanilla con miel.

—No, gracias.

Claire sintió que estaba perdida. Se palpaba la tensión entre ellos, pero ninguno de los dos parecía dispuesto a hacer nada al respecto. Probablemente porque ambos sabían que era una mala idea. Y aun así…

Necesitaba regresar al dormitorio. Eso era lo único que tenía que hacer.

–Buenas noches entonces –dijo.

Bajó la mirada hacia la taza y dio un paso adelante, esperando que Luca se apartara de su camino. Pero Luca no se movió. En cambio, Claire sintió su mano en la cintura. El calor de su piel atravesó la tela del camisón, dejándola marcada.

–¿Claire?

Se detuvo en seco, con la respiración en la garganta. Con una sola palabra, Luca estaba preguntando cientos de cosas al mismo tiempo. Volvió la cabeza para mirarle. Él la estaba mirando con la respiración entrecortada, como si hubiera estado corriendo. Claire vio cómo asomaba su lengua por el labio inferior. Y todo ello mientras la devoraba con la mirada.

En aquel momento comprendió que su respuesta a cualquier petición que le hiciera sería un sí. Dejó la taza en la mesa y se volvió hacia él.

–Sí.

Luca no vaciló. La levantó en brazos, la estrechó contra su pecho y la besó como si fuera un hombre sediento y ella un vaso de agua. Claire no quiso detenerle. Había pasado mucho tiempo desde la última vez que se había sentido deseada. En todos sus años de matrimonio, Jeff jamás la había besado con aquella pasión.

Le rodeó el cuello con los brazos y arqueó la espalda para presionar sus caderas contra él. Sintió la fuerza de su deseo allí, insistente, contra ella. Luca gimió su nombre contra su boca y giró hasta hacerla tocar con la espalda el frío acero del refrigerador. Pero el frío no aplacó el fuego que crecía dentro de ella. Con cada caricia de su lengua, con cada caricia de sus manos, se avivaban las llamas que ella había llegado a creer apagadas para siempre.

Cuando notó las manos de Luca deslizándose por el camisón y sus dedos rozando el encaje de las bragas vaciló un instante, saliendo de la confusión a la que la habían arrastrado las hormonas. Estaban yendo demasiado rápido. ¿De verdad estaba preparada para acostarse con un hombre al que apenas conocía? ¿El hombre que estaba intentando arrebatarle a Eva?

Antes de que hubiera podido contestar, un grito agudo de Eva interrumpió sus pensamientos. No era un llanto normal. Algo pasaba. Presionó las manos contra el pecho de Luca y él retrocedió.

–Lo siento, tengo que ir a ver qué le pasa a la niña.

Salió de la cocina a toda velocidad. La situación se le había ido de las manos y, gracias a Dios, Eva se había despertado justo a tiempo.

Entró en el dormitorio, encendió la lámpara y enmarcó el rostro lloroso y enrojecido de su hija.

–¿Qué te pasa, cariño? –preguntó, pero, en el instante en el que la tocó, supo lo que ocurría.

La niña estaba ardiendo de fiebre.

Comenzó entonces a buscar frenética el termómetro.

–Tranquila, tranquila –intentó calmar a Eva, pero nada parecía reconfortarla.

–¿Está bien?

Claire se volvió y descubrió a Luca en el marco de la puerta.

–Tiene fiebre –localizó por fin el termómetro y se lo puso a la niña–. Treinta y nueve y medio.

Era una fiebre muy alta. Y estaban a varias horas de distancia del pediatra de Eva. Claire sabía que la gravedad de la fiebre variaba con la edad, pero no recordaba a partir de qué temperatura había que llamar al médico. Y, cuanto más lloraba Eva, más le costaba a ella concentrarse.

–Dame –le pidió Luca, tomando a Eva en brazos.

–¿Qué pretendes hacer? –le reprochó Claire.

–Ocuparme de nuestra hija –ignorando el tono irritado de Claire, comenzó a desnudar a la niña–. Voy a darle un baño de agua templada para que se sienta mejor. ¿Tienes algún antitérmico?

–En la bolsa de los pañales. Voy a buscarlo.

Luca desapareció en el baño y Claire fue a localizar la medicina. Para cuando volvió a reunirse con Luca, Eva ya había comenzado a calmarse. Estaba tumbada en la silla de baño mientras Luca la frotaba con la esponja húmeda. El agua y la esencia a lavanda parecían haberla tranquilizado.

Al cabo de unos minutos, Luca la sacó de la bañera y la envolvió en una toalla amarilla con capucha. Le metió el gotero con la medicina en la boca y le devolvió el medicamento a Claire.

–Mientras se seca, ve a prepararle un biberón con agua fría. Es posible que esté un poco deshidratada por culpa de la fiebre.

Claire asintió y caminó hacia la cocina, sintiéndose extrañamente inútil mientras Luca tomaba las riendas de la situación. Pero, al mismo tiempo, se alegraba de tener a alguien con ella. Aquella era la primera vez que Eva tenía fiebre de verdad y, aunque pensaba que estaba preparada para ello, la había pillado completamente fuera de juego. Imaginó que aquella era una de las ventajas de tener dos padres. Se podían compartir las responsabilidades.

Mientras llenaba el biberón con el gua filtrada, sintió en los ojos el inesperado escozor de las lágrimas. Aquel era uno de aquellos momentos en los que recordaba lo que había perdido por culpa de la imprudencia de Jeff. Su sueño de tener una familia se había hecho añicos.

–¿Claire?

Claire pestañeó rápidamente para apartar las lágrimas, apretó la tetina del biberón y se volvió hacia él.

–Ya está preparado. ¿Cómo está Eva?

–Creo que está mejor. Pero no estoy seguro de cómo estás tú.

–¿Yo? –no debía de haber hecho un buen trabajo a la hora de disimular sus sentimientos. –Eva se va a poner bien. No tienes nada de lo que preocuparte.

–Lo sé.

–¿Entonces, qué te inquieta?

–No sé. Todo. No te preocupes por mí, Luca. De verdad.

Luca se colocó a Eva en brazos y comenzó a darle el biberón.

–¿Es por el beso? ¿Te has sentido presionada?

–No. El beso ha sido… maravilloso. No creo que sea lo mejor dadas nuestras circunstancias, pero no me arrepiento.

–Entonces es porque me he excedido con Eva. Lo siento, pero me ha parecido que estabas desbordada y quería ayudarte. Mi hermana pequeña tenía muchas otitis cuando era niña, y era muy propensa a las fiebres. He pasado muchas noches levantado con mi madre bañando a bebés con fiebre.

–No has sido tú, Luca. Y gracias por ayudarme con ella. No debería necesitar ayuda, pero es agradable poder contar con ella de vez en cuando.

Luca posó la mano en su hombro. El calor de la mano contra su piel desnuda la hizo recordar sus anteriores caricias. Y fue de pronto consciente de lo cerca que estaba Luca y de lo bien que olía. Hacía mucho tiempo que no la había acariciado un hombre, aunque solo fuera para consolarla. Y, por alguna razón, aquella combinación, sumada a la virilidad que Luca irradiaba, fue más de lo que pudo soportar. Claro que se había rendido a ella. Cualquier mujer en su situación lo habría hecho. Le había dicho que era atractiva. La había besado como si no hubiera nada en el mundo que pudiera apetecerle más. Pero, una vez roto el hechizo del beso, Claire sabía que no podía haber nada más entre ellos.

Había un muro en todo lo relativo a Luca. Después de aquellos días, ya era capaz de adivinar el momento en el que una conversación se adentraba en un territorio incómodo para él. Hasta la pregunta más inofensiva sobre sus años de instituto parecía levantar un velo en su mirada. Las respuestas que seguían parecían siempre vacías, poco sinceras. Y Claire ya había tenido su ración de discursos falsos con Jeff, mientras este intentaba ocultar su infidelidad. No iba a cometer dos veces el mismo error.

–Eres madre, *tesorina*, no un superhéroe. No tiene nada de malo aceptar ayuda.

Claire lo sabía, al menos, en teoría. Y también sabía que, a pesar de las circunstancias, quizá no fuera tan malo tener a Luca formando parte de la vida de Eva. Habría alguien a quien llamar cuando necesitara ayuda y, cuando Eva se quedara con su padre, podría aprovechar para descansar, relajarse y recargar fuerzas.

–Si quieres volver a la cama, puedo quedarme un rato con ella.

Claire se tensó ante aquel ofrecimiento. Una cosa era aceptar su ayuda y otra muy diferente permitir que fuera él el que se hiciera cargo de todo.

–No, gracias –contestó, alargando los brazos hacia Eva–. De todas formas, no podría dormir. Me quedaré despierta hasta que se encuentre mejor.

Luca no soltó a la niña de inmediato. Miró a Claire con recelo, mientras ella intentaba disimular un bostezo.

–Creo que está empezando a entrarte el sueño. Estaremos bien, te lo prometo. Vuelve a la cama y yo te despertaré si ocurre algo. Si no, la meceré hasta que se quede dormida y la meteré en la cuna.

Claire se resistía, pero la expresión firme, aunque afable, de Luca le decía que estaba dispuesto a insistir.

Además, estaba siendo amable con ella, no intentando buscar munición para presentarla ante el juez. Y los párpados le pesaban de tal manera que ya no era capaz de seguir discutiendo.

–De acuerdo, gracias. Dejaré la puerta del dormitorio abierta.

–Buenas noches –la despidió él mientras Eva se acurrucaba en sus brazos.

Seguramente Eva se dormiría antes que ella. No había nada de lo que preocuparse. Renuente, regresó al dormitorio, se metió bajo el edredón y cayó rendida. En lo último en lo que pensó fue en los labios de Luca.

Cuando volvió a abrir los ojos a luz del día tuvo la sensación de que acababa de cerrarlos. Se sentó en la cama y advirtió que la puerta del dormitorio estaba abierta y la cuna seguía vacía. Si Eva no se había dormido, ¿por qué no la había despertado Luca?

Se levantó, se puso la bata y salió al salón. Esperaba encontrarlos merodeando por la cocina o en la terraza, pero, al parecer, las cosas no habían salido tal y como Luca había planeado. En un sofá, y tapados con una manta de felpa, estaban Luca y Eva profundamente dormidos. Claire permaneció unos segundos observándolos. Era una imagen preciosa que deseó capturar para siempre en su memoria.

–Buenos días.

Se sobresaltó al ver que Luca había abierto los ojos y la estaba mirando con tanta atención como ella a él.

–Buenos días. Qué imagen tan hogareña.

Luca bajó la mirada hacia Eva, que babeaba sobre su pecho desnudo.

–Debimos de quedarnos dormidos poco después de que te acostaras. Creo que no se ha movido en toda la noche –se incorporó muy despacio para no despertarla–. ¿Qué hora es?

–Poco más de las nueve.

–¡Vaya! –se pasó la mano por el pelo revuelto y sacudió la cabeza–. Hacía años que no dormía tanto.

Claire se acercó a él y agarró a la niña.

–Yo me ocuparé de Eva. ¿Por qué no te das una ducha mientras preparo el desayuno?

–Por favor, haz café. Y bien fuerte.

Luca comenzó a avanzar hacia las escaleras, pero antes de que llegara a ellas, Claire le detuvo.

–¿Luca? –Luca se volvió para mirarla–. Quiero darte las gracias.

–¿Por qué?

–Por lo de anoche.

Luca respondió con una sonrisa culpable.

–¿Por qué motivo, exactamente? ¿Por el momento en el que perdí el control y estuve a punto de golpearte con el refrigerador? ¿O por cuando te aparté para hacerme cargo de la niña?

–Por los dos, quizá. La combinación de esas dos cosas me ha ayudado a comprender lo que es tener a alguien en mi vida que me ayude y me abrace.

–Entiendo lo que quieres decir. Tanto tú como yo estamos demasiado acostumbrados a estar solos. Mi madre siempre me recuerda que se supone que no debemos vivir así, y estoy empezando a pensar que tiene razón.

–Es posible que no te conozca todavía bien, pero, por lo que he visto, creo que eres un buen hombre. La mujer que llegue a formar parte de tu vida será muy afortunada.

Una tristeza que Claire no entendió le oscureció el rostro de Luca. ¿Por qué un cumplido como aquel había borrado la luz de sus ojos?

–Gracias –contestó.

Pero tuvo la sensación de que no la creía.

–Me gustaría haber encontrado a un hombre como tú cuando era más joven y haber empezado mi vida con alguien así.

La tristeza de Luca desapareció y Claire le vio tensar la mandíbula al tiempo que apretaba la mano sobre la barandilla. Alzó la mirada con unos ojos que reflejaban una combinación de arrepentimiento e irritación.

–Si yo estuviera en tu lugar, no malgastaría mis deseos en un hombre como yo –replicó, y comenzó a bajar las escaleras.

Capítulo Seis

Luca estaba sentado en una silla playera con el ceño levemente fruncido mientras Claire chapoteaba con Eva entre las olas. Cada vez que el agua le tocaba los pies, la niña gritaba y reía como si aquello fuera lo más fabuloso que había experimentado jamás. Cuando Claire la soltaba, agarraba puñados de arena húmeda y la dejaba escurrir entre sus dedos.

Aquella debería haber sido una imagen feliz para Luca, que tendría que haber estado en el agua helada junto a su hija. En cambio, estaba sentado a bastante distancia, prácticamente haciendo pucheros bajo la gorra de béisbol. En realidad, no tenía motivo alguno de lamentación. Había conseguido mantener a Claire a distancia. Eso era lo que quería o, al menos, lo que había sentido que tenía que hacer cuando ella le había mirado con aquella expresión soñadora. Él no era un hombre para Claire. No era un romántico que estuviera dispuesto a rescatarla de la soledad, y era preferible que ella lo comprendiera cuanto antes.

Y, aun así, los últimos días habían sido desoladores. Al principio, Claire había estado centrada en Eva y en cuidarla mientras superaba su enfermedad. Pero cuando la niña se había puesto bien, había continuado guardando las distancias. No estaba siendo fría con él, pero no se mostraba tan abierta y tan locuaz como antes.

Él debería haberse alegrado de que hubiera entendido el mensaje, pero se había sorprendido a sí mismo echando de menos sus conversaciones. Y también se había descubierto tumbado en la cama por las noches, pensando en el beso que habían compartido en la cocina. Que el cielo le ayudara, pero no podía evitarlo. En el instante en el que la había saboreado, parecía haberse desatado algo muy dentro de él. Cada roce, cada sonido que ella emitía, le encendían. Si Eva no se hubiera despertado aquella noche con fiebre, no estaba seguro de lo que podría haber pasado.

Sabía que Claire estaba aliviada por la intervención de la niña. Les habían pillado en el momento preciso. El tiempo y la perspectiva habían demostrado que aquella no era una buena idea en su situación. Pero eso no cambiaba lo mucho que la deseaba. A la mañana siguiente, cuando ella se había mostrado más receptiva a la idea de lo que él esperaba, no había sabido qué hacer. Claire no era una mujer que se conformara con un romance ocasional. Él había conseguido encandilarla más de lo que pretendía y, de pronto, se había descubierto en una situación que no esperaba.

Así que había emprendido la retirada. Claire se merecía una relación con un hombre que pudiera darle todo lo que deseara, incluyendo amor y otro hijo.

Miró de nuevo hacia el mar y no pudo evitar admirar la figura de Claire. Estaba magnífica con los *shorts* y la parte superior del bikini. Tenía la piel dorada y algunas hebras de pelo también se le estaban aclarando por efecto del sol. El corte del bikini realzaba sus curvas, proporcionándole una tentadora visión de sus senos.

No había nada que no le gustara de Claire. Aquel era el problema. Era demasiado fácil que le gustara. Demasiado fácil encontrar motivos para acariciarla. La sangre parecía cantar en sus venas cuando percibía su fragancia. Era como si su cuerpo supiera que tenían un hijo en común y ya estuviera preparado para empezar a hacer otro cuanto antes. Si Luca pudiera darle otro hijo, en aquel momento estaría en el agua con ella, en vez de lamentándose en una silla. Pero no podía. Y preferiría vivir siempre soltero a defraudar a una mujer a la que amara. La única alternativa era encontrar una mujer que tampoco pudiera tener hijos.

Miró de nuevo hacia el agua. Claire y Eva estaban ya en la arena seca, con el cubo y la playa. Al ver los rizos oscuros de su hija no pudo menos que sacudir la cabeza. Era como si una tormenta inesperada hubiera unido a dos personas dándoles una hija que ninguna de ellas esperaba.

Un momento… Luca se irguió en la silla. Quizá Claire fuera la mujer que buscaba. No había hablado de la cuestión de la fertilidad, pero si no tuviera algún problema no habría necesitado la clínica.

Luca no creía en el destino, pero la vida parecía empeñada en convencerle de lo contrario. ¿Y si Claire fuera la oportunidad en la que nunca se había permitido creer? Si dejaba que la atracción diera paso a una relación aquella podía ser una segunda oportunidad. Ya tenían una hija. Y, si se casaban, resolverían el problema de la custodia.

Claire se acercó con una Eva cubierta de arena en los brazos.

—Voy a echarle un poco de agua con la manguera a este mico antes de echarla a dormir.

—Muy bien. Yo me encargo de recogerlo todo. Nos vemos en casa dentro de unos minutos.

Observó a Claire desaparecer mientras iba pensando en su escenario de seducción. Era la solución perfecta. Y le había caído del cielo. Los dos obtendrían algún beneficio. Claire conseguiría un padre para Eva y un hombre que la tratara como se merecía. Y él conseguiría la familia que nunca había soñado tener. Sería agradable encontrar a alguien con quien hablar al llegar a casa. Su apartamento estaba empezando a convertirse en un lugar insoportablemente vacío.

Y seducir a Claire sería la mejor parte del plan. Nada de represión, ni de excusas, ni de interrupciones. Deslizaría las manos por aquellas piernas largas y acunaría sus senos en la palma de la mano. Luca no podía decir que fuera célibe, pero pensar en Claire le excitaba como si fuera un adolescente virgen.

Solo se había embarcado en una relación una vez en su vida y no había terminado bien. E, incluso en el caso de que quisiera intentarlo otra vez, apenas tenía tiempo. Jamás había salido con nadie durante el tiempo suficiente como para considerar que era su novia, y mucho menos como para pensar en ella como posible esposa. ¿Sería capaz de hacerlo por el bien de su hija?

Y, por otra parte, ¿querría Claire tener algo con él? Luca le había dejado muy claro que no era el candidato para ninguno de sus sueños románticos. Ella ya había sufrido un matrimonio desgraciado y no se conformaría con otro por segunda vez. Quería amor, pasión y todo lo que los acompañaba. Él le ofrecería gustoso la pasión y la atención que necesitaba. Pero el amor ya era otra cosa. Había cometido el error de entregarlo en una ocasión y había terminado estallándole en pleno rostro.

Se colgó la bolsa al hombro y comenzó recorrer el camino de arena que cruzaba las dunas. Sabía que si Claire averiguara su problema se sentiría traicionada y recordaría la infidelidad de su primer marido. Pero no tenía por qué ocultarle la verdad. Ni sobre el cáncer ni sobre lo que realmente sentía. Tendría que asegurarse de hacer las cosas bien para que así nunca se cuestionara su amor por ella. No le resultaría difícil tratarla mejor de lo que la había tratado Jeff. Bastaba una palabra amable para derretirla. Aunque no pudiera permitirse enamorarse de Claire, haría cuanto estuviera en su poder para hacerla sentirse amada.

Para cuando llegaron a la casa, Luca sabía exactamente cómo empezar a ganarse el afecto de Claire. Y, para hacer las cosas bien, también sabía que tendría que correr un último riesgo: llamar a su hermana a Newport.

Había algo distinto en Luca. Claire había intentando dejarle espacio durante los días que habían seguido a su inesperado encuentro. Él había estado emitiendo señales confusas, así que había decidido que quizá aquel beso había sido resultado del cansancio. Y probablemente fuera lo mejor, si es que era así como pensaba reaccionar tras un beso. Se había mostrado callado, reservado, casi malhumorado.

Pero, desde que habían vuelto de la playa, había mejorado su humor de forma considerable. Después de dejar a Eva en el dormitorio, le había encontrado tarareando mientras cocinaba. El negro nubarrón que parecía haberle perseguido durante los días anteriores había desaparecido, pero Claire no sabía si alegrarse por ello. Le resultaba más fácil ignorarle cuando estaba distante y malhumorado. Un Luca sonriente y feliz minaba con mucha más facilidad su resistencia.

–Tengo una sorpresa –anunció Luca cuando la vio en el cuarto de estar.

A Claire no le gustaban las sorpresas. La mayoría de las veces no implicaban nada bueno.

–Mi hermana pequeña, Mia, viene a casa esta noche.

Claire no pudo evitar fruncir el ceño. No se lo esperaba. Luca había insistido en que quería ocultar la existencia de Eva a su familia.

–¿Por qué? ¿Se ha enterado de lo de Eva?

–Sí, pero porque yo se lo he dicho. En realidad la he invitado a quedarse unos días con nosotros. Vive cerca de Newport.

–No lo entiendo… ¿Por qué se lo has dicho? ¿Ahora ya lo sabe toda tu familia?

–Si se ha enterado toda mi familia la mato. Solo se lo he dicho a ella y me ha jurado guardar el secreto.

–Pero ¿por qué se lo has dicho?

–Para que pudiéramos tener una niñera –contestó Luca con una sonrisa–. Quiero salir contigo mañana.

Tengo todo el día planeado. Mia se quedará con Eva para que tú puedas relajarte y disfrutar.

—Te agradezco el gesto, Luca, pero no estoy segura. Ni siquiera conozco a tu hermana. No sé si voy a quedarme tranquila dejando a Eva con ella.

—A Mia se le dan genial los niños, te lo prometo. No solo es maestra, si no que ha cuidado a mis sobrinos cientos de veces.

—Todo eso está muy bien, Luca, pero ni siquiera me has preguntado. Estas son las cosas que me preocupan. No me importa que tomes decisiones como padre, pero no voy a permitir que me excluyas constantemente.

Luca pareció desconcertado por su irritación. ¿De verdad no era consciente de lo que estaba haciendo?

—Me parece justo —contestó al cabo de unos segundos—. Dejaré que tomes tú la decisión final. Cuando conozcas a Mia, podrás decidir si confías en dejar a Eva con ella.

Claire suspiró aliviada. Lo único que quería era tener voz y voto, aunque ya sabía que terminaría dejando a Eva con la hermana de Luca. A pesar de lo que Luca acababa de decir, no era fácil hacerle cambiar de opinión. Quería salir con ella y Claire permitiría que lo hiciera. Sería agradable. Había pasado mucho tiempo desde la última vez que había salido. Trabajaba tanto que se sentía culpable si tenía que dejar a Eva con una canguro después de haberla tenido todo el día con Daisy.

—¿Cuándo llega tu hermana?

—En menos de una hora. Me ha puesto un mensaje cuando estaba en el ferri. Estará para la hora de la comida, así que he decidido prepararle un pollo a la *tetrazzini*, su comida favorita. ¿Te parece bien?

—Me parece genial que hagas cualquier cosa que yo no soy capaz de cocinar. Desde luego, no me hace ningún daño que seas un cocinero magnífico.

—Soy un cocinero pasable. Mi hermana sí que es una magnífica cocinera, ya lo verás.

—¿Y tu hermana sabe que la has invitado para que cocine y cuide a la niña?

Luca soltó una carcajada.

—Eso es lo que hacemos en mi familia cuando nos juntamos. Cocinar toneladas de comida, reírnos y jugar con los niños. No la molestaría en absoluto, pero, sí, le he dicho por qué quería que viniera. Y está emocionada por poder conoceros a ti y a Eva.

Claire deseó estar emocionada por conocer a su hermana. De pronto, se sintió angustiada. ¿Qué pensaría la familia de Luca de ella? ¿La odiarían por estar batallando por la custodia?

—¿Estás bien? –preguntó Luca–. No pareces muy entusiasmada con la visita de Mia.

—Estoy bien. Solo un poco nerviosa por conocer a tu hermana. No soy una persona muy extrovertida.

Luca dejó el pollo que estaba salteando en la sartén para tomarle las manos a Claire. Se las llevó al pecho y las retuvo contra él. Claire contuvo la respiración. Podía sentir el corazón de Luca palpitando casi al mismo ritmo que el suyo. Estando tan cerca, pudo contemplar las motas de color caramelo y oro que salpicaban sus ojos castaños. Y al mirarle a los ojos, comenzó a relajarse.

–Todo va a salir bien –insistió él–. A Mia le encantarás, y cuando más adelante conozcas al resto de la familia, te adorarán.

–¿Y no tienes miedo de que el resto de tu familia se entere de lo que está pasando?

–Siempre se corre el riesgo. Pero todo saldrá bien. Si no supiera que puedo confiar en ella, no habría llamado a Mia. Carla, por ejemplo, se lo contaría a todo el mundo. Pero, aunque se enteren, no pasará nada. Creo que tú y yo nos estamos llevando bien y estoy seguro de que podremos llegar a un acuerdo de custodia con el que los dos nos sintamos cómodos. Y Eva se lleva muy bien conmigo. Además, no estamos hablando de comprometernos ni de nada parecido.

Era cierto, pero, por alguna razón, a Claire le molestó que lo dijera con tanto desdén. Se apartó para que no pudiera reconocer la desilusión en su mirada y empezó a alejarse de la cocina.

–Voy a prepararme para la visita.

–De acuerdo –le oyó decir a Luca, pero no se volvió.

Una vez en su habitación, se puso un vestido de verano y se sentó en el tocador para mirarse en el espejo. Se recogió el pelo en un moño y se puso brillo de labios y máscara de ojos. Si Mia tenía que informar al resto de la familia sobre ella, no quería que pensaran que era una mujer dejada.

Cuando estaba terminando de arreglarse, oyó voces en la otra habitación y comprendió que Mia había llegado. El ruido despertó a Eva de su siesta, así que la cambió y le puso un vestido rosa y amarillo para que fuera a conocer a su tía.

Cuando llegó al salón, encontró a Luca y a una mujer joven y atractiva sentados en el sofá, tomando una copa de vino. Luca se levantó al instante y señaló a su hermana.

–Claire, esta es mi hermana Mia. Mia, estas son Claire y Eva.

Mia era una versión de Luca en pequeño. Tenía el pelo largo y rizado, la piel aceitunada y unos enormes ojos oscuros. En cuanto vio a la niña, se levantó del sofá para abrazarla.

–¡Dios mío, es preciosa, Luca! ¿Por qué no me habías dicho que era tan guapa?

–Porque no quería que te pusieras a maquinar nada –contestó Luca con una sonrisa.

–Jamás lo haría –respondió Mia con una sonrisa igualmente traviesa. Le guiñó el ojo a Claire y desvió la atención hacia la niña–. ¡Pero si es la cosa más bonita que he visto en mi vida!

Lo siguiente que supo Claire fue que Eva estaba en los brazos de Mia, saltando feliz.

–Eres igual que tu prima Valentina, sí, igualita.

Claire se sentía un poco impotente, pero intentó no demostrarlo. Al fin y al cabo, era la familia de Eva, y su hija parecía encantada con aquella adoración. Era ella la que debía de adaptarse. Eva tendría una identidad, un sentido de pertenencia, que iría más allá de su madre. Aquella idea le produjo felicidad y ansiedad al mismo tiempo.

–¿Te apetece un vino, Claire? –le preguntó Luca.

–Sí –definitivamente.

Luca le sirvió una copa y se sentaron todos en el

sofá. Estuvieron hablando un rato, y Luca regresó a la cocina a terminar de preparar la comida.

–Luca no me ha contado mucho sobre ti, solo lo básico acerca de cómo habéis terminado teniendo una hija en común. Es una historia alucinante.

–Sí, esa es una manera de describirlo.

–Si no te importa que te lo pregunte, ¿por qué te decidiste a acudir a una clínica de fertilidad? Mi hermana Carla también tuvo algunos problemas, pero los resolvió con medicación y ahora tiene tres vándalos.

Era una pregunta muy personal para una primera conversación, pero Claire supuso que, tras saber de la existencia de Eva, era natural que lo preguntara.

–Mi marido y yo teníamos problemas para concebir y nada de lo que intentábamos funcionaba, así que decidimos dar un paso más.

–¿Tu marido? ¿Estás casada?

–Soy viuda.

Mia se llevó la mano a la boca.

–Lo siento mucho –se volvió hacia la cocina–. ¡Luca! ¿Por qué no me has dicho que Claire es viuda y me has evitado hacerle una pregunta embarazosa? –No haría falta avistarte si no te dedicaras a hacer preguntas indiscretas.

Mia musitó algo en italiano.

–Lo siento. Era simple curiosidad. Sé los motivos por los que Luca decidió ir a la clínica, pero, gracias a Dios, no todo el mundo tiene que hacerlo en las mismas circunstancias que él.

Claire se irguió en el asiento. Nunca le había preguntado a Luca por sus motivaciones. Y, cuando surgía el tema, él siempre lo eludía.

–Yo era muy pequeña en aquella época, pero mi madre me ha contado lo mal que lo pasó. Y ella no quería que Luca tuviera que perderse también la oportunidad de tener una familia.

–¡La comida ya está lista! –anunció Luca con una enorme fuente de pasta entre las manos.

Claire no estaba segura de si Luca estaba oyendo a su hermana o si había sido casualidad, pero la conversación terminó al instante y, una vez más, se quedó sin conocer la historia sobre Luca. Pero ya tenía alguna información. Al parecer, había sufrido alguna especie de desgracia que podría haberle costado la posibilidad de tener hijos. ¿Habría estado enfermo?

Se reunieron todos en la mesa, con Eva en la trona. Claire no tardó en descubrirse hablando y riendo con Mia como si fueran amigas de toda la vida. Mia había estudiado algunas asignaturas de arte en la universidad, así que tenían muchos temas de los que hablar.

–Parece un poco triste –comentó Mia, mirando a su hermano–. Probablemente deberíamos hablar de algún tema que a él le guste.

Luca negó con la cabeza a modo de protesta.

–¡No, por favor! Estoy fascinado observando el ritual de la amistad entre mujeres. Siempre y cuando os abstengáis de hablar de temas relacionados con la fisiología femenina, me parece perfecto.

–Ahora que lo mencionas, hoy tengo un dolor terrible de ovarios –dijo Mia.

Luca se levantó y comenzó a recoger los platos.

–Me voy.

Mia soltó una carcajada.

–Era una broma, *fratello*. Carla y yo solíamos hacerles eso a mis hermanos cuando nos molestaban –le explicó a Claire–. En una ocasión, perseguí a Marcello y a Giovanni por toda la casa con una caja de tampones.

–¿Ves lo que te has ahorrado al ser hija única, Claire? Nos dedicábamos a torturarnos los unos a los otros hasta que nos íbamos de casa.

Claire les siguió a la cocina, sonriendo. Le gustaba la camaradería que compartían Luca y Mia. Ella nunca había tenido una relación así con nadie.

Y, mientras le tendía a Luca el cuenco de la ensalada, comprendió con tristeza que Eva, probablemente, tendría el mismo destino.

Eva había sido un milagro, pero, en aquel momento, Claire se sentía lo bastante ambiciosa como para aspirar a que le concedieran uno más.

Capítulo Siete

–Cuando me dijiste que habías conseguido una niñera y que íbamos a salir, me imaginé algo muy diferente.

Luca rio mientras aparcaba el Range Rover en el puerto. Todavía no había salido el sol.

–¿Qué esperabas?

–No sé, ¿un spa? ¿Una comida agradable o un paseo por las tiendas del pueblo? Desde luego, no pensaba salir de casa antes del amanecer.

–Estamos a tiempo de hacerlo todo. Tenemos todo el día.

–Desde luego –miró hacia los barcos del puerto con curiosidad–. ¿Vamos a navegar?

–A lo mejor –cuando le abrió la puerta a Claire, la descubrió con el ceño fruncido–. Sí, vamos a navegar. No te gustan las sorpresas, ¿verdad?

–No es que no me gusten. Es que no estoy acostumbrada a ellas. Por lo menos, a las buenas.

–Eso lo voy a cambiar yo –le tomó la mano y la condujo hacia el muelle.

Allí había un catamarán esperándolos.

–Buenos días, señor Moretti. ¿Está preparado para ir a ver las ballenas?

Claire abrió los ojos como platos mientras el marinero la ayudaba a subir a cubierta.

–¿Vamos a ir a ver las ballenas?

–Sí, ahí es adonde voy y, puesto que están en mi barco, también irán ustedes. Nos dirigimos hacia unas de las aguas con mayor y más diversa vida marina. Si todo va bien, podremos ver ballenas jorobadas, ballenas de aleta, un par de especies de delfines y, si tenemos suerte, alguna ballena franca.

Luca observó al capitán mientras este reunía a la tripulación para zarpar.

–¿Habías hecho algo así alguna vez? –le preguntó a Claire.

–No. La verdad es que estoy emocionada. ¿Esperamos a más pasajeros?

–No, he reservado el barco solo para nosotros.

–¿Solo para nosotros? –miró a su alrededor–. ¡Pero es una locura!

–Ya te dije que quería que pudieras relajarte y disfrutar. Y, sí, podría haberte invitado a comer o a un spa, pero quería ofrecerte algo distinto.

Cuando el barco zarpó, un miembro de la tripulación les llevó una manta de franela.

–Siéntense en el banco de proa para disfrutar mejor de la vista. Les llevaré café y unos dulces de canela.

Se sentaron y Luca extendió la manta a su alrededor. Le pasó el brazo por los hombros a Claire y la atrajo hacia sí. Ella se acurrucó feliz contra él, apoyando la cabeza en su hombro.

Luca tomó aire, disfrutando del aroma salado del mar impregnado con la fragancia de Claire, y presionó los labios contra su cabeza con un suspiro.

Al cabo de unos diez minutos de tranquilidad, les

llevaron el café y unos empalagosos dulces de canela. Comieron en silencio mientras observaban el mar. Y estaban acabando de desayunar cuando uno de los miembros de la tripulación gritó:

—¡Hacia las dos!

Claire y Luca se incorporaron y miraron hacia el lugar que estaba señalando. Pudieron ver entonces el chorro de una ballena en la distancia. Al cabo de unos segundos, fueron recompensados con la visión de una ballena jorobada.

Luca intentó concentrarse en aquella imagen tan espectacular, pero desvió la mirada hacia Claire. Esta estaba completamente inmersa en el momento, con los labios entreabiertos en muda admiración. Era un momento memorable, pero, sobre todo, porque Claire estaba allí con él.

Alzó la manta, se envolvió en ella y Claire se acurrucó contra su pecho. Se inclinó hacia él, pero sin dejar de mirar el agua en ningún momento. Permanecieron así cerca de una hora, contemplando a un grupo de delfines, a un par de ballenas de aleta y otro par de ballenas jorobadas.

Cuando el barco comenzó a regresar hacia el puerto, Claire se volvió en los brazos de Luca para mirarle.

—Ha sido increíble. Es lo más hermoso que he visto en mi vida.

—Sí, ha sido maravilloso, pero no es lo más hermoso que he visto en mi vida.

Claire soltó un bufido burlón.

—Sí, supongo que ser millonario te permite ver cosas muy bellas. Pero, para mí, ha sido lo más hermoso después de la primera vez que vi a Eva.

–El dinero no tiene nada que ver –replicó Luca–. De hecho, la mayor parte de las cosas que veo en mi día a día son bastante aburridas. Tú eres lo más hermoso que he visto en mi vida.

Claire se movió, incómoda.

–Luca… –se quejó.

Pero Luca presionó un dedo contra sus labios y sacudió la cabeza.

–No, no discutas conmigo. Sé lo que he visto y lo que pienso.

Con las mejillas encendidas, Claire fijó la mirada en su pecho.

–Lo siento –dijo–. Es solo que no estoy acostumbrada a oír ese tipo de cosas. No me parecen sinceras.

–Lo sé, pero necesitas acostumbrarte, porque no voy a parar. Nunca digo cosas que no pienso, *tesorina,* así que, si te digo que eres hermosa y que te deseo por encima de todo lo demás, estoy hablando en serio.

Claire volvió a quedarse boquiabierta.

–¿Me deseas?

–Es lo que acabo de decir, ¿no?

–Sí, lo sé –Claire se mordió el labio–. Pero no puedo evitar pensar que una relación física entre nosotros no es una buena idea.

–Y probablemente no lo sea –respondió Luca entre risas–. He dicho que soy sincero, no inteligente.

***

81

–No sé si voy a acostumbrarme a la vida real.

Luca se echó a reír mientras abría la puerta de la casa.

–¿Y eso?

Como si él no supiera lo que había hecho.

–Me traes a esta isla maravillosa y me paso el día contemplando las olas del mar y comiendo tus maravillosos platos. No hay despertadores, ni cuentas, ni llamadas que atender…

Entraron en la casa, cerraron la puerta tras ellos y se quitaron los abrigos. Todo estaba en silencio y a oscuras. Mia y Eva ya debían de estar dormidas. Luca le rodeó la cintura con el brazo y la atrajo hacia él para susurrarle al oído:

–¿Y eso qué tiene de malo? Te mereces que te mimen.

Claire vaciló antes de responder. Sentía el fuego de la caricia de Luca a través del vestido. Estaba provocativamente presionada contra él. No estaba segura de si había sido el contacto físico o sus palabras seductoras, pero, de pronto, el frío de la noche había desaparecido. El calor crecía dentro de ella, extendiéndose por sus venas. Alzó la mirada hacia Luca y se perdió en la oscuridad de sus ojos.

–Y después de lo de hoy… –continuó ella, apartándose para dirigirse hacia las escaleras.

–Yo pensaba que habías disfrutado –replicó él, siguiéndola.

–Me lo he pasado muy bien. Lo del barco ha sido increíble. Y la comida del Red Cat ha sido la mejor que he probado en mi vida.

Luca llegó al final de la escalera y se detuvo.

–¿Mejor que la mía?

–Son estilos diferentes. Me niego a compararlas.

Luca se acercó de nuevo a ella y la agarró por la cintura. Claire no rehuyó su contacto. Al contrario, se permitió derretirse contra él, presionando las líneas delicadas de su cuerpo contra sus duros músculos. No iba a mentirse a sí misma y a decir que no le gustaba cómo la abrazaba.

De hecho, estaba empezando a preguntarse si Jeff la habría agarrado alguna vez de aquella manera. La simple presión de la mano de Luca en su espalda tenía más intensidad y más ternura que la caricia de cualquier otro hombre. Con él se sentía viva y sexy, apreciada, y no se había sentido así desde hacía mucho tiempo.

Sintió la presión de las yemas de sus dedos en sus caderas, evidenciando que la deseaba. Habían estado danzando alrededor de aquel momento desde que habían llegado a la isla. Luca había conseguido reducir las tensiones y las barreras que la impedían disfrutar. Claire había estado resistiéndose en todo momento, pero estaba cansada de luchar contra lo que deseaba. Había llegado el momento de satisfacer sus deseos.

–Dime, ¿y qué tienen de malo todas esas cosas que te he ofrecido hoy? ¿No tengo derecho a ofrecerte unas semanas agradables?

–Puedes hacer lo que quieras. Pero me resulta difícil disfrutar de un día como este porque sé que la vida no es así. Muy pronto tendré que volver a Brooklyn y volver a hacerme la comida. No podré contemplar una hermosa playa desde la ventana ni levantarme oyendo estrellarse las olas contra las rocas.

—Puedes tener todo lo que quieras. Solo tienes que pedirlo, *tesorina*.

Claire se preguntó si le estaría ofreciendo una vida en común, pero comprendió que era ridículo. Lo único que le estaba ofreciendo era un punto de vista más optimista. Decidió cambiar de tema antes de ponerse en una situación embarazosa.

—Luca, ¿qué significa *tesorina*?

Luca bajó la mirada hacia ella y sonrió.

—Significa tesoro.

—¿Y por qué me llamas así?

—Porque para mí lo eres, Claire. Eres un tesoro, eres la criatura más dulce y apasionada que he conocido nunca.

Claire ya no pudo seguir conteniéndose. Aquellas palabras fueron el más potente de los afrodisíacos. Se inclinó hacia delante, buscó sus labios y le rodeó el cuello con los brazos para estrecharle contra ella. Sintió las manos de Luca deslizándose por su cintura y sus costillas. Pero quería más. Quería que le tocara el cuerpo entero.

Se presionó contra él y notó la firme protuberancia de su deseo presionando su vientre. Se frotó contra ella, arrancando un largo gemido de su garganta. Alentada, posó la mano en su pecho y fue deslizándola hasta llegar a los pantalones.

Luca apartó la boca de sus labios, le agarró la muñeca y le apartó la mano.

–Claire –casi gimió. Tenía todo el cuerpo en tensión mientras luchaba para mantener el control–. No, no puedo soportarlo. Te deseo demasiado.

–Entonces, tómame, por favor. Luca, quiero que hagamos el amor. Quiero saber lo que se siente al estar con un hombre que me desea de verdad.

Le observó cerrar los ojos un instante. Cuando volvió a abrirlos, había fuego en su mirada.

Claire acercó su mano temblorosa a la suya. Antes de perder el valor, dio media vuelta para dirigirse a su dormitorio. Mia se había llevado el parque de Eva a su habitación, así que lo tenían todo para ellos.

Sin volverse, comenzó a desabrocharse con dedos torpes el vestido. Sentía tras ella el calor del cuerpo de Luca, pero este no la tocaba.

Claire dejó que el vestido cayera hasta su cintura. Luca se acercó a ella, haciéndola sentir la calidez de su aliento en la nunca, y presionó con un beso ardiente el hombro desnudo. El contraste le provocó a Claire un escalofrío que se sumó a la sensación de la caricia de las yemas de los dedos de Luca cuando este tomó el vestido para agarrarlo por sus caderas.

El vestido terminó convertido en un charco de tela a sus pies. Claire contuvo la respiración mientras Luca le desabrochaba el sujetador y le deslizaba los tirantes por los hombros para, a continuación, dejarlo caer al suelo y cubrir sus senos con las manos.

Claire arqueó la espalda, intentando aumentar el contacto, sintiendo cómo se le endurecían los pezones cuando Luca deslizaba las yemas de los dedos sobre ellos. Él continuó con una lluvia de besos sobre los hombros desnudos y el cuello. Aquella combinación de caricias encendió un fuego violento en su vientre.

–Luca –jadeó mientras él tomaba los pezones entre sus dedos.

No estaba segura de qué estaba suplicando, pero sabía que él podía ofrecérselo.

Luca respondió acercando la palma de la mano hasta el borde de las bragas. Sin vacilar, la deslizó en el satén y acarició el sensible centro de su feminidad.

Claire volvió a jadear, pero la firmeza con la que Luca la sujetaba no le permitió moverse para eludir la intensidad de su caricia.

–Sí, *bella* –la arrulló al oído mientras continuaba moviendo la mano sobre la lubricada piel.

Ella sintió que comenzaban a temblarle los muslos. No estaba segura de cuánto podría aguantar. A lo mejor terminaba colapsando en un charquito a sus pies.

–Todavía no –susurró entre gemidos cada vez más urgentes.

Para su alivio y desilusión, Luca apartó la mano antes de haber llegado demasiado lejos, deslizó los pulgares alrededor de las bragas y se las bajó hasta dejarla completamente desnuda. Afortunadamente, no la dejó sola. Claire oyó un susurro de tela tras ella y se volvió a tiempo de ver a Luca desprendiéndose de la camiseta.

Alargó las manos hacia su cinturón y le desabrochó ella los pantalones. Luca se desprendió de la ropa que le quedaba y avanzó hacia Claire, hasta que sus cuerpos desnudos estuvieron a punto de rozarse. Le enmarcó entonces el rostro con las manos e inclinó la cabeza para besarla.

En el instante en el que sus bocas se encontraron, Luca apenas pudo controlar su deseo. Aquel beso había estado fraguándose desde que habían llegado a la playa. Buscó la lengua de Claire para saborearla y acariciarla con sus labios. Claire respondió con idéntica intensidad, mordisqueándole el labio inferior. Aquel mordisco provocó un ronco gemido en la garganta de Luca, que la agarró por las caderas y la guio hasta hacerla caer sobre la cama.

Claire gateó sobre el colchón y se tumbó y Luca la siguió, besándola y acariciando cada centímetro de su piel mientras iba colocándose a su altura. Se cernió entonces sobre ella, con la erección presionando insistentemente la parte interior de su muslo. Bajó después la cabeza para volver a besarla y, de pronto, se detuvo. Miró entonces a Claire con el pánico reflejado en la mirada.

–Por favor, dime que tienes un preservativo.

¿Un preservativo? No tenía. No había vuelto a utilizarlos desde que se había casado con Jeff.

–No, ¿y tú?

–Tampoco, no había planeado que pasara nada parecido. Espera un momento –se levantó de la cama y corrió al cuarto de baño–. ¡Dios te bendiga, Gavin! –exclamó antes de volver a la cama con un paquete en la mano.

Claire soltó por fin la respiración que había estado conteniendo. No quería detenerse y sabía que hasta la más ligera vacilación podría arruinar el momento. Las posibilidades de que concibieran eran nulas, teniendo en cuenta que ambos se habían conocido por medio de una clínica de fertilidad, pero aquella no era su única preocupación. Había pasado mucho tiempo desde la última vez que había estado con un hombre.

Cuando Luca se enfundó el preservativo y volvió a colocarse entre sus piernas, ella dejó caer la cabeza sobre la almohada.

–¿Por dónde íbamos? –preguntó él con una sonrisa.

Claire le rodeó el miembro con los dedos, le condujo hasta el punto de penetración y se detuvo.

–Creo que justo aquí.

Luca asintió y presionó lentamente. Claire cerró los ojos, absorbiendo la sensación de tener a un hombre dentro de ella. Sus músculos te tensaron ante aquella invasión, haciendo que Luca siseara y apretara los dientes mientras se hundía plenamente en su interior.

Continuó avanzando con deliberada lentitud, prolongando el placer. Claire estaba nerviosa ante la perspectiva de disfrutar del sexo después de tanto tiempo, pero los nervios se esfumaron en cuanto Luca la acarició. Alzó las piernas para colocar las caderas de Luca entre sus muslos y comenzó a balancearse al ritmo de sus movimientos. Las sensaciones que Luca generaba irradiaban a través de su cuerpo como olas de placer.

Y, hasta que no volvió a abrir los ojos, no se dio cuenta de que Luca la estaba observando. Ver el placer que reflejaba su rostro parecía excitarle y alentarle. Deslizó las manos entre sus cuerpos y la acarició entre los muslos. Claire jadeó, retorciéndose bajo él mientras Luca iba empujándola hasta el límite. Cuanto más cerca estaba ella de la liberación final, con más energía se movía Luca, acelerando la llegada del clímax.

Aquel hombre tenía alguna clase de poder sobre ella. Parecía saber justo cómo tocarla, cómo arrancar cada sensación de su cuerpo. Y lo único que podía hacer ella era morderse el labio y prepararse para lo que iba a llegar.

Y entonces, la golpeó. La presa que parecía estar conteniendo el placer se derrumbó, dejando que la bañara por completo.

—¡Luca! —gritó, aferrándose a las sábanas.

Luca aminoró el ritmo de sus movimientos mientras ella se dejaba caer contra la almohada en medio de fuertes jadeos. Claire se sentía como si le hubiera abandonado toda la energía, pero no la importó.

Apoyándose en los codos, Luca enterró la cabeza en su cuello y le susurró al oído:

—Verte disfrutar de esa manera… *sei così bella*, Claire —le dijo—. *Ti voglio così male.*

Claire no tenía ni idea de lo que le estaba diciendo, pero aquellas palabras sonaban maravillosamente.

—Sí —contestó—. Ahora te toca a ti.

Luca le mordisqueó suavemente el hombro y después buscó su cuello antes de besarla otra vez. Volvió a fijar en ella su mirada, posó una mano con firmeza en la curva de su cadera y clavó los dedos en ella mientras se movía con más fuerza y más rapidez que la vez anterior. Claire sintió cómo se le tensaban todos los músculos a Luca hasta que, en el último momento, le vio cerrar los ojos y gemir mientras se derramaba dentro de ella con una potente embestida final.

Y entonces se quedó paralizado. Fue algo extraño, teniendo en cuenta la emoción del momento. Pareció quedarse completamente helado.

–¿Qué pasa?

Luca tragó con fuerza.

–Creo que se ha roto el preservativo –alargó la mano hacia la mesilla de noche y tomó el envoltorio–. ¡No puede ser! –gritó, tirándolo al suelo enfadado–. ¡Caducó hace un año!

A toda velocidad, antes de que ella pudiera detenerle, se levantó de la cama y desapareció en el cuarto de baño. Claire se sentó en la cama sin saber qué hacer. Su primera incursión en una renovada vida sexual y acababa de aquella manera sin previa advertencia.

Luca salió pocos minutos después con expresión atormentada.

–Lo he roto. Lo siento, Claire. Debería haber mirado la fecha de caducidad. Estaba tan desesperado que ni siquiera me he fijado.

Claire estaba convencida de que jamás había habido un hombre tan desesperado por hacer el amor con ella como para olvidar algo así.

–No te preocupes. Lo digo en serio. No creo que me quede embarazada, si es de eso de lo que tienes miedo. La última vez me llevó años y una intervención médica. Y estoy limpia.

–No estoy insinuando lo contrario, y ni siquiera me preocupa que estés embarazada. Eso sería un milagro –se tumbó a su lado y la abrazó–. Es que nunca me había pasado y estoy un poco nervioso. Lo siento.

Claire se acurrucó en su pecho, sintiéndose un poco mejor al ver que Luca no salía huyendo.

–No sabías que se iba a romper. No pasará nada, estoy segura.

–Probablemente tengas razón. Será mejor que lo olvidemos y descansemos. Mañana iré a la farmacia.

–¿A la farmacia?

–A comprar otra caja. Apenas estoy empezando a adorar ese cuerpo, *tesorina*.

Capítulo Ocho

Con la nariz enterrada en el cuello de Claire, la fragancia de la canela y la vainilla inundaba los pulmones de Luca. Curvó el brazo a su alrededor, sosteniendo aquel cuerpo flexible y cálido contra el suyo. No quería moverse, podría haberse pasado horas así.

Había pasado mucho tiempo desde la última vez que se había despertado con una mujer hermosa a su lado. Su plan de seducción había funcionado mejor de lo que esperaba. Y, si siempre iba a ser tan maravilloso como aquella vez, le propondría matrimonio en ese mismo instante.

Oyó entonces algo que le dejó frío. Al principio pensó que eran imaginaciones suyas. La voz de su madre estaba tan completamente fuera de contexto que no podía haberla oído. Pero entonces reconoció el sonido inconfundible su risa.

Oyó después un grito de entusiasmo de Eva y un coro de voces que solo podía pertenecer a su familia. Gruñó, se apartó de Claire y se sentó en la cama.

—¿Qué pasa? —preguntó ella con voz ronca y somnolienta.

—Creo que… mi familia está aquí.

Claire se sentó en la cama, cubriéndose con las sábanas el pecho desnudo.

–¿Te refieres a tu hermana?

Luca tragó saliva y sacudió la cabeza.

–No, me refiero a algo más que eso.

La risa de su madre llegó de nuevo hasta sus oídos. Cuando se volvió para mirar a Claire, la expresión somnolienta de esta había sido sustituida por otra de puro pánico.

–¿Estás de broma?

–Ojalá. Creo que han descubierto nuestro secreto. Y que Mia va a tener un montón de problemas.

Apartó las sábanas, buscó los calzoncillos y se los puso. Necesitaba salir de allí y averiguar qué estaba pasando exactamente. Abrió la puerta y se quedó estupefacto ante lo que se encontró. En el centro del cuarto de estar estaba su madre elevando a Eva en sus brazos como si fuera el Santo Grial. Su padre estaba a su lado, haciendo muecas a la pequeña hasta conseguir que esta gritara encantada. Y, por si fuera poco, estaban también Carla hablando con Mia y unos cinco niños corriendo por el salón.

Se volvió justo a tiempo de ver a sus hermanos pequeños, Giovanni y Angelo, subiendo las escaleras con sus esposas. Todos ellos con maletas.

–¡Luca, estás despierto! –gritó su madre.

–¿De verdad crees que se puede dormir con este jaleo? ¿Qué estáis haciendo todos aquí?

–¡Yo también tengo preguntas que hacerte, jovencito! –la madre de Luca estrechó a la niña contra su pecho y le miró con los ojos entrecerrados–. ¿Durante cuánto tiempo pensabas seguir ocultándonoslo?

–Solo un poco más –musitó para sí–. ¿Cómo te has enterado?

–La culpa ha sido mía –admitió Mia–. Bueno, en realidad ha sido culpa de Eva. Carla me llamó anoche, no debería haber contestado, pero lo hice. Y, cuando estaba hablando por teléfono, Eva empezó a llorar. ¿Qué se supone que podía decirle? No se me ocurrió nada, así que le conté la verdad y la hice jurar que guardaría el secreto.

–Así que, naturalmente, en cuanto colgué el teléfono llamé a mamá –le explicó Carla–. Lo siento, pero este no es un secreto que se pueda guardar.

–Tiene razón –intervino Antonia, su madre–. ¿Cómo has podido guardar un secreto como ese?

–Porque apenas acabo de descubrirlo –Luca tomó a la niña y la estrechó contra su pecho– y quería conocer a la madre de Eva antes de que todo esto ocurriera.

Su madre se llevó la mano a la boca.

–¿Ni siquiera conoces a la madre? Por lo menos con Jessica parecíais tener intención de construir un futuro en común. Yo pensaba que te había educado mejor. Se suponía que eras un caballero.

–No es eso. Mamá, sabes que no puedo…

–Fue un accidente de la clínica de fertilidad –se oyó una voz de mujer tras él.

Luca se volvió y vio a Claire en el marco de la puerta del dormitorio. En cuestión de minutos se había vestido y había vuelto a transformarse en una mujer elegante y discreta.

–Familia, os presento a Claire Douglas, la madre de Eva.

–¡Oh, Luca! –Antonia fue directa a abrazarla–. *Lei è bella.*

–Hola –consiguió decir Claire cuando Antonia por fin la soltó.

–Me alegro de conocerte, Claire. Y te aseguro que nos habríamos conocido antes si hubiera sabido de vuestra existencia –había un tono mordiente en aquellas palabras dirigido hacia Luca.

–Claire, esta es mi familia. Mi madre, Antonia, mi padre, Mario. A Mia ya la conoces, y esta es Carla. Mi hermano Giovanni y su esposa, Nicola, y mi otro hermano, Angelo y Tonia, su esposa. Mis sobrinos son Tony, Giovanni Jr., Matteo, Paolo y mi sobrina Valentina.

–¿Están todos aquí? –preguntó Claire con los ojos abiertos como platos.

–No, mi hermano Marcello y su familia no han podido venir, pero tienen un bebé. Y por lo visto el marido de Carla se ha quedado en casa con los niños –se volvió, de manera que solo Claire pudiera verle, y le dijo en silencio, moviendo los labios–: Lo siento mucho.

Ella sacudió la cabeza y se esforzó en sonreír.

–Me alegro de que hayáis venido. ¿Os apetece tomar algo? Estaba a punto de preparar el desayuno.

En cuanto mencionó la posibilidad de comer o beber, la mitad de la familia se dirigió a la cocina. Claire se les quedó mirando con momentánea confusión.

Luca tiró de ella hacia él y le susurró al oído:

–Déjalo, son así –se inclinó para besarla, pero ella se dirigió a la cocina para ayudar a los otros.

Así que Luca se acercó a Giovanni, que se había acomodado en una de las mullidas butacas. Su hermano le miró y se encogió de hombros.

–Ayer me llamaron a las diez de la noche para decirme que tenías una hija y que tenía que preparar las maletas y estar a las seis de la mañana en el aeropuerto para ir a conocerla.

Luca se sentó al lado de su hermano.

–¿Habéis venido en el avión de la empresa?

Giovanni asintió.

–¿De verdad pensaste que podías mantenerlo en secreto?

–He conseguido ocultarlo durante meses. Cuando la clínica me avisó del error, quise esperar a tener los resultados de las pruebas de paternidad. Después estuve batallando por mis derechos para ver a la niña. Claire y yo hemos venido aquí para romper el hielo y ver cómo vamos a abordar esto juntos. No me parecía un buen momento para meteros en escena.

–Me parece comprensible, pero no creo que mamá lo acepte. Te espera una buena reprimenda.

–¿Quieres decir que no me la ha echado ya?

–¡Qué va! Te ha salvado tu novia y la mención de la cocina. Ya verás cuando hayamos comido.

–No es mi novia. Quiero decir que…

–Habéis salido los dos del mismo dormitorio, Luca. Y vas sin camisa…

Luca bajó la mirada y comprendió que tenía que ir a rescatar la camiseta al dormitorio.

–Sí, pero esta ha sido la primera vez. No sé lo que volverá a pasar, sobre todo después de que hayáis echado a perder el ambiente romántico que tanto me ha costado recrear.

–¿Estás intentando seducirla?

–Al principio no, pero me he dado cuenta de que es posible que Claire y Eva sean mi única oportunidad de tener una verdadera familia. Sería una estupidez dejarla escapar.

–No puedes estar seguro, Luca. ¿Los médicos te han…?

–No, pero lo sé. Y podría ser peor. Claire es… una mujer muy especial, y una gran madre.

Los dos hermanos se volvieron para observar el trajín de la cocina. Cada cierto tiempo, Antonia dejaba lo que estaba haciendo para palmearle el brazo a Claire o pellizcarle a Eva las mejillas.

–Bueno, estés saliendo con ella o no, parece que a mamá le cae bien –señaló Giovanni–. Ya has superado un gran obstáculo –Antonia era muy quisquillosa respecto a las mujeres con las que salían sus hijos–. ¿Le has contado ya a Claire lo de tu enfermedad?

–No. Y no quiero que nadie se lo cuente.

–No es para tanto, Luca. Sobreviviste a un cáncer. No es algo de lo que tengas que avergonzarte. Deberías estar gritándolo a los cuatro vientos.

Luca sabía que su hermano tenía razón, pero nunca le había gustado gritar. Y siempre había sentido que había perdido algo importante. Una mujer como Claire se merecía un hombre completo que pudiera darle todo lo que ella deseara.

Y, quizá, solo quizá, él pudiera fingir y ser suficiente para ella.

***

97

La palabra «abrumadores» no bastaba para describir lo que Claire había vivido durante los tres días anteriores, pero se acercaba. Ya sabía a qué se refería Luca cuando decía que su familia era gritona, bulliciosa y amante de la diversión. Era todas esas cosas y más. Las hermanas y las cuñadas de Luca la habían acogido bajo su ala. Había sido sorprendente la rapidez con la que había entablado una relación de camaradería con todas aquellas mujeres que eran, en realidad, unas desconocidas.

Claire apenas había visto a Eva desde que habían llegado. Siempre había alguien que la tenía en brazos. Solo había podido estar con su hija cuando había insistido en darle un baño y meterla en la cama. Su dormitorio era su único santuario. Había Morettis por todas partes.

Y, a decir verdad, también había un Moretti en su dormitorio, pero no era lo mismo. Había dejado que Luca volviera a su cama mientras estuviera allí su familia, pero solo porque no tenía otro lugar en el que dormir. Pero había puesto algunas normas. Nada de sexo. Había demasiada gente alrededor.

Y, además, no estaba segura de que fuera algo que debiera repetirse, por mucho que le apeteciera. Luca era un hombre complejo y tenía la sensación de que iba a llevarle mucho tiempo levantar todas sus capas.

Al tercer día de la llegada de la familia, los hombres salieron a pescar langosta para la comida. Mia y Carla habían ido a hacer la compra y Nicole y Angelo a la playa con los niños, pero Claire había preferido quedarse en casa. Estaba agotada después de tanta actividad.

De pronto, la casa le pareció muy silenciosa. Al cabo de un rato, comenzó a preguntarse por Eva. Aunque rara vez la tenía, le gustaba saber dónde estaba. Recorrió la casa y la descubrió en la terraza, con Antonia. Cruzó las puertas y se acercó a ellas.

–¿Puedo sentarme? –preguntó.

–Por supuesto. Mi nieta y yo estábamos disfrutando de este día tan bonito.

Claire bajó la mirada y vio cómo se iluminaba el rostro de su hija al recibir las caricias y los arrullos de su abuela. Estaba resplandeciente con tantas atenciones.

–Claire, ahora que todo el mundo está fuera, me gustaría hablarte de algo.

Claire se mordió el labio. Aquello no le dio muy buena espina. ¿Sería aquella la parte en la que la advertía que no hiciera ningún daño a su hijo ni le impidiera ver a su hija?

–Claro.

–No estoy segura de cómo van las cosas entre Luca y tú. Sé que todavía es pronto, así que es difícil adivinar si vuestra relación va a convertirse en algo más serio, pero espero que lo haga. Nunca había visto a Luca tan contento. Ni siquiera con Jessica. Con ella, siempre parecía estar esperando que pasara algo malo, y, por supuesto, al final resultó tener razón.

A Claire le habría gustado pedir más información, pero se mordió el labio, decidiendo no interrumpir y escuchar.

–Se me rompió el corazón al verle así. Enterarme de que iba a tener un hijo me extrañó, pero él parecía muy contento con la idea. No esperábamos terminar enterándonos de que el hijo no era suyo.

Claire intentó disimular su sorpresa ante aquella revelación. Cerró los ojos mientras todas las piezas comenzaban a encajar en su lugar. Aquello explicaba por qué estaba tan decidido a reclamar a Eva. En aquella ocasión, tenía la certeza de que la niña era suya y no iba a perder la oportunidad de hacer de padre.

–Esta niña es un milagro que le ha devuelto a la vida. Y por fin tiene una familia.

–Tiene una hija, sí –le aclaró Claire–. Y voy a asegurarme de que forme parte de la vida de Eva tanto como quiera.

Antonia fijó sus ojos en Claire.

–Querida, tú y yo sabemos que ha conseguido algo más que una hija de esta situación.

Claire se mordió el labio mientras consideraba la respuesta.

–En realidad, no lo sé. A veces las cosas van bien y tengo la sensación de que se está consolidando algo entre nosotros, pero después él se distancia. Saber que hubo otro niño explica muchas cosas, pero no todas. Continúo teniendo la sensación de que me oculta información, y no voy a involucrarme en una relación con un hombre en el que no puedo confiar.

–Luca es un buen hombre, pero tiene miedo a enamorarse. Personalmente, creo que estáis destinados a estar juntos. No creo ni en las casualidades ni en las coincidencias.

Era un pensamiento bonito, pero Claire no era tan supersticiosa. A veces tenía lugar un accidente. Eso no significaba que fuera cosa del destino. Era una cuestión de mala suerte. O incluso de buena y, por lo menos, Eva tendría un padre y una familia.

¿Pero ellos? Dudaba de que su relación pudiera durar hasta que regresaran a Manhattan si él continuaba guardando tantos secretos.

Capítulo Nueve

–Hay demasiado silencio –comentó Claire mientras lavaba el último plato de la comida.

Luca alzó la mirada desde el suelo del cuarto de estar, donde estaba jugando con Eva.

–Sé a lo que te refieres –su familia se había marchado tres días atrás–. Después de estar con ellos, siempre me cuesta acostumbrarme. ¿Eso significa que te gusta mi familia?

Claire se acercó al cuarto de estar mientras se secaba las manos en un trapo de cocina.

–Me encanta tu familia, Luca. Son increíbles. Ni siquiera sabía que una familia pudiera ser así. Acaban de conocerme y ya me tratan como si fuera de la familia. La familia de Jeff siempre fue muy amable conmigo, pero jamás me sentí como si fuera una hija más.

–La verdad es que les has encantado. Estoy convencido de que no son así con todo el mundo. Incluso a Carla le caes bien, y eso que es bastante difícil ganársela. Y a mi madre. Si hablaras italiano ya serías perfecta. A lo mejor podemos trabajar en ello –añadió con una sonrisa.

–Muy gracioso –dijo Claire mientras se sentaba en el sofá.

Se volvió hacia Eva a tiempo de verla bostezar.

–Creo que ya es hora de irse a la cama.

–Al igual que yo, se está recuperando del exceso de estímulos. Yo la acostaré. Tú descansa. ¿Por qué no sirves un par de copas de vino? Si es que mis hermanas no han acabado con todo.

Apenas tardó unos minutos en cambiar a la niña y meterla en la cuna. Encendió el móvil y le acarició los suaves rizos.

–*Buona notte, cara mia.*

Eva parloteó durante unos segundos y cerró después los ojos. Luca salió sigiloso de la habitación, cerrando la puerta tras él.

–¿Sabes? –le dijo a Claire–. Ya estamos a punto de volver a Nueva York y todavía no hemos hecho lo único que habíamos decidido hacer aquí.

Claire le miró con curiosidad.

–¿A qué te refieres?

–A hablar del acuerdo de custodia que quiero enviarle al juez.

A los ojos de Claire asomó una expresión extraña. Luca no podía decir si de decepción, miedo, ansiedad o una combinación de las tres cosas.

–De acuerdo, hablemos de ello entonces.

Luca cruzó el cuarto de estar y se sentó a su lado.

–¿Has tenido oportunidad de revisar la propuesta de Edmund?

–Sí, y, sinceramente, me ha sorprendido. Es bastante estándar y, después del tiempo que hemos pasado aquí, creo que han desaparecido mis dudas sobre tus habilidades como padre. Solo tengo una cosa que cuestionar. La pensión alimenticia me parece demasiado alta.

–¿Alta? Estoy seguro de que es la primera vez que alguien oye algo parecido.

Claire se encogió de hombros al oír su comentario.

–Aunque la llevara al mejor colegio de Manhattan y la vistiera con ropa de diseño, no necesitaría tanto dinero. Vivimos en una casa confortable. Y eso me lleva a preocuparme un poco.

–¿Por qué?

–Es posible que quieras de mí algo más de lo que establece el plan. ¿Esperas que venda mi casa y me mude a Manhattan? Lo único que puedo imaginar que justifique unos gastos tan elevados sería alquilar un apartamento cerca del tuyo en Upper East Side.

–No era esa mi intención, pero, ¿te parecería tan mal si lo fuera? Estarías más cerca del museo y de los colegios de los que hablamos. Eva podría ir de una casa a otra con más facilidad y para nosotros también sería más sencillo –tenía la sensación de estar viendo moverse los engranajes del cerebro de Claire mientras hablaba–. Depende de ti, pero, como tú has dicho, el dinero que te estoy ofreciendo te daría esa posibilidad.

–Tengo que pensar en ello. A veces me gusta poner alguna distancia con el bullicio de la ciudad.

Luca se echó a reír.

–Lo dices como si Brooklyn estuviera en medio de un campo de heno. Si quieres, puedo comprar una casa de campo en Connecticut.

–No seas tonto.

A Luca no le parecía ninguna tontería, sino algo muy práctico. Sus planes de seducir a Claire e iniciar una relación habían fracasado. No estaba seguro de si podía llamar amor a lo que sentía por ella, pero, desde luego, era más de lo que pretendía y, en aquel momento, estaba dispuesto a hacer cualquier cosa para demostrar a Claire que quería jugar un papel más importante en su vida.

–Mira, ¿y qué te parece esto? He estado pensando mucho acerca de todo lo que ha pasado durante estos días. Y, si te soy sincero, no me gustaría dejar pasar lo que ha habido entre nosotros. Quiero que sigamos trabajando en ello. Todo esto de las relaciones es nuevo para mí, pero me gustaría saber si podemos llegar a estar juntos. Y, a lo mejor, si todo va bien, podemos ahorrarnos todo el papeleo de los acuerdos de custodia. No solo quiero que Eva forme parte de mi vida, Claire. También te quiero a ti.

Claire se quedó boquiabierta. Al cabo de un momento, cerró la boca y sonrió.

–Yo también quiero que tú formes parte de la mía.

Luca se inclinó hacia ella y borró su sonrisa con un beso. En el instante en el que sus labios se encontraron, sintió el familiar estallido del deseo urgiéndole a continuar. Aquella caricia, combinada con el hecho de estar solos en la casa, le recordó la cantidad de tiempo que llevaba sin acariciar a Claire y cuánto deseaba hacerlo. Mientras su familia había estado allí, ella había guardado las distancias. Pero, una vez acababa de admitir que quería que siguiera formando parte de su vida, él también quería que volviera a su cama.

–Luca –dijo Claire mientras presionaba la mano contra su pecho–, espera. Me alegro de que estés contento, pero todavía no he terminado. Hay un pero.

¿Un pero? Luca se apoyó en el respaldo del sofá con el ceño fruncido.

—¿Qué pasa?

Claire suspiró.

—No pasa nada, pero quiero que sepas que tu madre me contó algo cuando estuvo aquí.

Luca sintió el dolor sordo del miedo en la boca del estómago. No habría… Pero ¿a quién pretendía engañar? Por supuesto que sí. Su madre jamás había respetado su deseo de mantener el pasado en secreto.

—Tu madre me contó lo de Jessica y el bebé. Me habló de lo contento que estás y de las ganas que tenía de verte feliz después de lo que habías sufrido con Jessica. Y eso me preocupa, Luca.

Luca estaba estupefacto. Había dado por sentado que su madre le había hablado del cáncer.

—¿Qué es lo que te preocupa exactamente?

—Que no me lo hayas contado tú. Desde el primer momento, te conté todos mis secretos. Te hablé de Jeff y del fracaso de mi matrimonio. Has tenido montones de oportunidades para abrirte, pero no lo has hecho.

—No me pareció relevante. Al final resultó no ser nada. No tengo otro hijo del que no te haya hablado, no me pareció que pudiera importarte.

—No es lo del niño, sino el hecho de que te lo guardaras para ti. Me preocupan los secretos, Luca. Jeff tenía secretos. Y, por muchas ganas que tenga de que formes parte de mi vida, necesito saber que vas a ser sincero conmigo. Incluso cuando eso suponga dar a conocer partes de nosotros mismos que no queremos que nadie vea.

Luca abrió la boca para insistir en que él no guardaba ningún secreto, pero ella le silenció, posando la mano en sus labios.

–No, no me digas que no tienes secretos porque sé que los tienes. Dime, Luca, ¿por qué fuiste a una clínica de fertilidad? ¿Qué te paso?

Luca suspiró. Había estado temiendo aquel momento desde que había decidido construir un futuro con Claire. Las cosas podrían torcerse cuando le respondiera, pero tenía la sensación de que todo sería mucho peor si evitaba contestar.

–Cuando estaba en el instituto me diagnosticaron un cáncer de testículos. Tuve que someterme a una operación para que me extirparan el tumor junto a uno de mis testículos y después me sometieron a quimioterapia y a radiación. Guardé una muestra de esperma antes de la radiación porque era muy probable que me quedara estéril. Por eso la noticia de que Jessica se había quedado embarazada fue tan importante para mi familia. No me gusta hablar de ello y esa es la razón por la que evitaba las preguntas sobre mis años de instituto que podían llevarme a ese tema. Conseguí graduarme en una silla de ruedas. Toda esa etapa de mi vida estuvo marcada por la enfermedad.

Claire estuvo a punto de llorar al oírle contar la verdad.

–Ven –le pido él, tendiéndole los brazos. Claire se acurrucó contra él y Luca le pasó el brazo por los hombros–. No llores, lo siento. Debería habértelo contado, pero no me gusta revivirlo. Un chico de esa edad no tendría por qué haber estado preocupado por la posibilidad de tener hijos cuando ni siquiera sabía si iba a sobrevivir hasta su siguiente cumpleaños. El precio que tuve que pagar para combatir el cáncer fue alto. Eso no es algo que se olvide fácilmente.

Claire percibía el dolor en las palabras de Luca. Tenía razón; aquello no era algo a lo que debiera enfrentarse un niño.

—El peaje físico fue difícil de superar, pero lo peor es vivir esperando a que se reproduzca.

Claire posó la mano en su rodilla con un gesto tranquilizador.

—No sabes si va a volver a aparecer. Han pasado diez años desde que estuviste enfermo, eso es mucho tiempo. ¿No crees que si fuera a reproducirse lo habría hecho ya?

—La lógica no sirve para el cáncer. No funciona. Además, sé que no es cierto. El tratamiento que recibí para combatir al cáncer me pone en riesgo de desarrollar otro tipo de cáncer en cualquier momento. Y también puede provocarme otros problemas de salud a lo largo de mi vida.

—¿Por eso te has concentrado tanto en el trabajo a expensas de cualquier tipo de relación? ¿Por si vuelves a enfermar?

—En parte —admitió—. Tampoco ayuda el hecho de no poder tener hijos. No quiero que ninguna mujer tenga que renunciar a formar una familia por tener la desgracia de enamorarse de mí.

—¡Luca! —exclamó Claire, irguiéndose para mirarle a los ojos—. Una mujer que se enamore de ti puede considerarse cualquier cosa menos desgraciada. Tienes mucho que ofrecer. Te estás haciendo un flaco favor pensando solamente en todo aquello que no puedes hacer. Además, hay muchas mujeres que ya tienen hijos, o que no quieren tenerlos. O que no pueden, como yo.

Los ojos de Luca reflejaban un dolor que hasta entonces siempre le había escondido. Había en ellos una vulnerabilidad que Claire jamás había esperando encontrar en la mirada de aquel director ejecutivo. Odiaba que hubiera tenido que sufrir algo tan horrible, pero se alegraba de que estuviera dejando caer las últimas barreras que se alzaban entre ellos. Luca se merecía ser feliz.

Y deseaba, más que ninguna otra cosa, que quisiera serlo con ella. Sin poder contenerse, se inclinó hacia él, le enmarcó el rostro entre las manos y le besó.

La corriente emocional que corría a través de ambos conectó con una chispa de deseo. Luca la atrajo hacia él. Su boca hambrienta deseaba retomar lo que habían dejado unos minutos antes. Y Claire no iba a detenerle. Se rindió a su caricia, ansiando sentirle contra ella.

No tardó mucho tiempo en surgir el palpitante anhelo del deseo dentro de Claire. A pesar de que había estado tranquila sin mantener relaciones durante meses y meses, Luca parecía haber abierto la caja de Pandora. Le deseaba. Y ya.

Tirándole de la camisa para llevarle con ella, se deslizó hasta la alfombra. Sus labios no se separaron en ningún momento mientras descendían hasta el suelo. Luca cubrió su cuerpo con el suyo; su peso, de alguna manera, la hacía sentirse segura. Había estado a la deriva desde la muerte de Jeff, pero por fin había encontrado un ancla para mantenerse firme.

–Haz el amor conmigo, Luca –susurró contra sus labios–. Demuéstrame que eres todo lo que una mujer necesita.

Aquellas palabras hicieron prender el fuego en el interior de Luca, y ella estuvo encantada de recibir los resultados. Él deslizó las manos por su cuerpo y le alzó el vestido, dejando al descubierto sus largas piernas. Y continuó elevando la falda hasta su cintura.

Se sentó entonces y abandonó por fin sus labios, para que ella pudiera quitarle la camisa. Las manos de Claire volaron al instante hasta su pecho para acariciar sus fuertes músculos. Deslizó las uñas por sus abdominales, dejando una pequeña marca en forma de media luna justo encima de la cintura de los vaqueros. Pero antes de que hubiera podido desabrocharle el botón, Luca escapó de su alcance.

Inició entonces un lento viaje por su cuerpo, dejando un camino de besos sobre la piel desnuda de Claire. Le bajó los tirantes del vestido y tiró del escote hasta hacer asomar sus senos. La saboreó, succionando con fuerza los erguidos pezones hasta que Claire terminó gritando y hundiendo los dedos en las tupidas ondas de su pelo.

La pequeña hoguera que Luca había encendido en ella creció hasta convertirse en un fuego violento. Anhelante, tiró de él, aunque sus caricias eran ya tan intensas que tenía la tentación de apartarse. Mientas Luca cubría de besos su vientre y mordisqueaba el tembloroso interior de sus muslos, ella sentía que el deseo le devoraba las entrañas sin que hubiera ninguna posibilidad de liberarlo.

Con un ágil movimiento, Luca le quitó las bragas. Claire suspiró aliviada, pensando que por fin le tendría, pero se equivocaba. Él continuó con los vaqueros en su lugar mientras presionaba para que abriera los muslos. Cuando se dio cuenta de lo que pretendía, Claire contuvo la respiración.

—¿Luca? –jadeó.

Él se detuvo y la miró desde el interior de los muslos.

—¿Sí, *tesorina*?

—¿Qué vas a…? ¿No irás a…?

Ni siquiera se atrevía a preguntarlo. La avergonzaba admitir que era algo que jamás había experimentado. Luca la miró con los ojos entrecerrados justo en el momento en el que comenzaba a sonrojarse por la vergüenza.

—¿Qué pasa? ¿No has disfrutado nunca de este placer?

Claire cerró los ojos con fuerza y negó con la cabeza.

—Ya veo que tu marido falló también en otro aspecto de vuestro matrimonio. Pues pienso remediar eso ahora mismo.

—No sé, Luca… No estoy segura de…

Sin previa advertencia, Luca deslizó la lengua entre su carne henchida, ahogando sus protestas. Un placer como jamás lo había experimentado atravesó su cuerpo.

—¡Luca! –exclamó mientras arqueaba la espalda sobre la alfombra.

Luca esperó a que estuviera relajada para acariciarla lentamente con la lengua. Claire tuvo que morderse el labio para evitar gritar y terminar despertando a Eva. Le resultó difícil, sobre todo cuando Luca le rodeó las piernas con los brazos y presionó las manos contra el interior de sus muslos para hacerla abrirse más a él.

Las sensaciones provocadas por aquellas caricias tan íntimas la ayudaron a olvidar toda vergüenza. El contacto de su sedosa lengua sobre la parte más sensible de su cuerpo la llevó al orgasmo mucho más rápido de lo que había anticipado. Se retorció bajo Luca, sintiendo cómo iba creciendo dentro de ella, pero sintiéndose incapaz de hacer nada para detenerlo.

Luca se relajó un instante y le presionó de nuevo las rodillas hasta apoyarlas contra su pecho. Ella se agarró sus propias piernas y así al menos tuvo algo a lo que aferrarse cuando Luca volvió sobre ella, en aquella ocasión con las manos libres, y la devoró con renovado fervor. Lo único que podía hacer Claire era gritar «sí, sí» mientras él iba llevándola al límite. En el momento perfecto, deslizó un dedo dentro de ella y Claire ya no pudo más. Explotó en su interior el orgasmo más intenso que había experimentado en su vida. Pequeñas chispas de placer danzaban alrededor de su cuerpo mientras sus músculos se tensaban y temblaban.

Él se retiró, pero Claire apenas tenía energía para abrir los ojos. Consiguió hacerlo justo a tiempo de ver los vaqueros de Luca en el suelo junto al envoltorio de un preservativo.

–Deja las piernas así –susurró mientras volvía a ella.

Las estimuladas terminaciones nerviosas de Claire se iluminaron cuando comenzó a presionar lentamente contra ella. Estando Claire con las piernas dobladas, Luca consiguió llegar mucho más dentro de lo que ella jamás habría creído posible. Cuando terminó de penetrarla, tenía las rodillas descansando en los hombros de Luca y apenas podía respirar, pero no le importó. Había deseado aquel momento más que ninguna otra cosa. Quería fundirse con él como no lo había hecho nunca con nadie.

Luca susurró algunas palabras en italiano mientras volvía a penetrarla otra vez. Cada uno de sus movimientos era tan lento, tan deliberado, tan tortuoso como si no quisiera que aquello tuviera fin.

Claire abrió los ojos y observó su rostro para poder recordar siempre aquel momento. Luca fruncía el ceño con un gesto de concentración, como si estuviera preparando un elaborado plato en la cocina, como si aquella fuera la tarea más importante que había tenido jamás entre manos. Y era así como la hacía sentirse. Como si fuera algo prioritario en su vida. Nunca había sentido nada parecido. Y no quería que aquello terminara al final de aquel viaje. Ni después de la sentencia del juez. No quería que acabara nunca.

Porque estaba enamorada de Luca.

Después de lo que había pasado con Jeff se había jurado a sí misma que no volvería a cometer el error de enamorarse, pero, aunque no fuera lo más inteligente que había hecho en su vida y pudiera provocarle más dolor, no podía seguir combatiendo aquel sentimiento.

Lo sentía en lo más profundo de su ser. Mientras un nuevo orgasmo crecía en su interior, supo que aquella sensación no alcanzaba ni remotamente la inmensidad del amor que abrasaba su corazón.

Capítulo Diez

Fue raro el regreso a Nueva York. A pesar de que Luca le había asegurado que quería que su relación continuara, Claire estaba inquieta. Tenía el estómago constantemente revuelto y, si pensaba en ello, se descubría al borde de la náusea. No estaba segura de qué era lo que temía.

No, eso no era cierto. Sabía exactamente lo que temía: perder a Luca. Era el riesgo que había asumido cuando había admitido lo que sentía por él. ¿De verdad serían capaces de continuar una relación en medio de las bocinas de los taxis, sus exigentes trabajos y los frenéticos horarios de la vida real?

Aquella noche lo averiguaría. Llevaban varios días en Nueva York. Aquel había sido su primer día en el museo y Luca le había pedido que quedaran a cenar para poder cerrar el acuerdo de custodia. Se encontrarían en su apartamento y desde allí saldrían a cenar. Daisy se quedaría a cuidar a Eva.

El apartamento de Luca estaba a solo unas manzanas del museo. Claire bajó las impresionantes escaleras del edificio para dirigirse en aquella dirección. Hacía una noche agradable y quería disfrutar de aquel tiempo tan bueno. La verdad era que se sentía bastante bien aquella noche.

Hasta que llegó hasta ella una vaharada de un puesto de perritos calientes. Normalmente no era un olor que la disgustara, incluso le gustaba, pero aquella noche le resultó repulsivo. Buscó frenética una papelera y vació en ella todo lo que tenía en el estómago.

Cuando acabó, se enderezó y se llevó la mano a la boca. ¿De verdad acababa de vomitar? Miró a su alrededor para ver si alguien lo había notado.

Una mujer que estaba cerca de ella buscó en el bolso y le tendió un pañuelo de papel.

–No sé por qué les llaman náuseas mañaneras. Ese puesto de perritos calientes también podía conmigo cuando estaba embarazada. No pases ninguna vergüenza. Cuando vas a traer un niño al mundo, tienes derecho a vomitar donde necesites.

Claire evitó fruncir el ceño ante las palabras de aquella bienintencionada mujer. No tenía sentido arruinarle la historia diciendo que no estaba embarazada. Así que se limitó a aceptar el pañuelo en silencio y a agradecer que no la juzgara.

Cruzó la calle cuando cambió el semáforo, intentando poner toda la distancia posible entre ella y aquel desastre. Y hasta que no llegó al semáforo de la siguiente manzana no comenzó a pensar en las palabras de aquella desconocida.

¿Embarazada? No podía estar embarazada.

Aunque la verdad era que aquella sensación se parecía mucho a las náuseas mañaneras. Durante su primer embarazo apenas podía levantarse de la cama. Al principio, había perdido peso en vez de ganarlo. No había tardado en olvidar las penurias de los primeros tres meses, considerándolas el precio a pagar por Eva, pero en aquel momento las recordó con toda claridad.

Sacó el teléfono y revisó el calendario. Había pasado un mes en la playa y no había tenido la regla. Pero aquel vómito tenía que ser consecuencia de una gripe. Sí, tenía que ser una gripe.

Cruzó la calle, sintiéndose más nerviosa a casa paso. Pero no entendía por qué. Era más que probable que el vómito se hubiera debido al más que cuestionable sándwich que había comido en la cafetería del museo. No podía estar embarazada. Incluso en el caso de que ella pudiera concebir con normalidad y Luca no hubiera tenido cáncer, solo se les había roto un preservativo.

«Con una sola vez es suficiente». Las sobrecogedoras palabras de la profesora del instituto que impartía educación sexual la asaltaron.

No podía ir al apartamento de Luca y comportarse como si no pasara nada llevando aquella carga. Pero tampoco quería alentar las esperanzas de Luca. Aunque la solución era fácil. Necesitaba comprarse una prueba de embarazo y continuar con todo lo que tenía previsto hacer sin aquella inquietud. Serían diez dólares, pero era un pequeño precio a pagar a cambio de su paz mental.

Una vez en la farmacia, buscó el pasillo que tantas veces había recorrido cuando se había sometido a los tratamientos de fertilidad. Eligió su marca favorita y la llevó al mostrador. ¿Cuántos se habría comprado a lo largo de los años? Docenas. Y solo uno de ellos había dado positivo. Aquella noche el milagro no iba a repetirse.

Después de pagar, continuó hasta un Starbucks. Se metió en el cuarto de baño y esperó ansiosa el resultado. Cuando sonó la alarma del teléfono, se permitió por fin comprobar el resultado.

Estaba embarazada.

Se quedó estupefacta. Era imposible. ¿Cómo…? Pero si solo… Apenas era capaz de completar un solo pensamiento. Tapó el test, lo metió en el bolso y se dirigió a la farmacia para comprar otro de otra marca. Repitió la operación. Y el resultado fue el mismo.

Confundida, recogió sus cosas y se marchó. Necesitó recorrer una manzana más para comenzar a asimilarlo. Estaba embarazada. Después de pasar años intentándolo, después de aquellos tratamientos tan invasivos para concebir a Eva… había conseguido quedarse embarazada de forma accidental. Había rezado, había soñado con tener otro hijo. Y, de pronto, si todo iba bien, iba a tenerlo. Eva tendría un hermano y Luca y ella un segundo hijo en común. Era un milagro.

Burbujeaba de emoción cuando entró en el edificio y se registró en recepción. Entró en el ascensor con una enorme sonrisa que no fue capaz de reprimir, a pesar de las ganas que tenía de darle a Luca una sorpresa.

Luca abrió la puerta y la miró con curiosidad al ver su expresión.

–¡Hola! ¿Por qué estás tan contenta? –preguntó mientras se apartaba para dejarla pasar.

–Tengo noticias. Pero antes, siéntate.

Luca la siguió al sofá y se sentaron juntos. Una vez allí, Claire le envolvió las manos con las suyas.

–Sé que llevamos juntos muy poco tiempo y que,

para cualquier otra persona, esta sería una mala noticia, pero no me encuentro bien desde que hemos vuelto. No he pensado mucho en ello hasta hoy, cuando, al salir del museo, una mujer me ha dicho algo que me ha hecho pensar. Y, de camino hacia aquí, me he hecho una prueba de embarazo…

Luca se tensó. Aquellas eran las últimas palabras que esperaba oír salir de su boca. Se enderezó y apartó las manos.

−¿Y? −se obligó a preguntar, aunque conocía ya la respuesta.

Si fuera negativa, Claire no se habría molestado en decírselo.

Ella alargó la mano hacia el bolso y sacó las dos pruebas de embarazo.

−Y las dos pruebas han salido positivas. Estoy embarazada. Apenas me lo puedo creer. Debió de ser la vez que se rompió el preservativo.

Luca tomó una de las pruebas y estudió la diminuta pantalla, esperando que la información cambiara. Estaba ocurriendo otra vez. Un dolor sordo en las entrañas se lo decía. Lo que no entendía era por qué Claire lo estaba intentando siquiera. Sabía que no podía tener hijos. Él mismo se lo había dicho unos días atrás.

−Es imposible −dijo.

−Lo sé. Yo también lo pensaba. Por eso he ignorado todos los síntomas. Todavía tengo que ir al médico a confirmar los resultados, pero…

−No −la interrumpió.

No iba a permanecer allí sentado escuchándola decir una sarta de mentiras. La sorpresa, la emoción…

todo lo había planificado con mucho cuidado para hacerle creer que el niño era suyo.

–¿Cómo que no? Me dijiste que querías formar una familia. ¿Por qué estás tan enfadado? Estoy embarazada, Luca.

–Sí, de eso estoy seguro –se levantó y se dirigió a la cocina. Necesitaba espacio.

Pero ella no entendió la indirecta. Le siguió confundida por el apartamento.

–Yo pensaba que te pondrías contento.

Luca rio con amargura y bajó la mirada hacia el test que tenía en la mano. Ya había cometido aquel error en una ocasión. No iba a hacerlo por segunda vez. Tiró la prueba de embarazo a la papelera.

–Si fuera a ser padre, estaría encantado. Pero como te he dicho, es imposible.

Claire se quedó paralizada, incapaz de creer lo que acababa de oír.

–Luca, tú eres el padre. ¿Quién iba a serlo si no?

Para ser sincero, ni siquiera había considerado las posibilidades. Ya tenía bastante con luchar contra el torbellino de sentimientos que se había desatado dentro de él. No necesitaba añadir unos celos furibundos a la lista.

–No tengo ni idea, pero estoy seguro de que no ha sido el tipo estéril que hay en esta habitación.

–Mira, estoy tan sorprendida como tú. Teniendo en cuenta nuestros problemas, jamás se me pasó por la cabeza que pudiera ocurrir, pero ha ocurrido. Eres el padre de este bebé. Durante este último mes he estado día y noche contigo. El último hombre con el que me acosté murió hace un año.

Luca quería creerla. Y Claire jamás le había dado ningún motivo para no hacerlo. Pero su historia era demasiado inverosímil.

–Todo eso suena muy bien, Claire. Debes de haber ensayado mucho antes de venir.

–¿Ensayar? ¿De verdad crees que todo esto lo he preparado?

Luca quería decirle que no, que la creía y era feliz, pero no podía permitírselo. La furia que había reprimido durante aquellos diez años burbujeaba dentro de él. No había nadie a quien pudiera culpar del cáncer o de los tratamientos. No podía arrojarle a nadie aquel sentimiento. Jessica había desaparecido cuando las pruebas de paternidad habían salido negativas, así que tampoco había podido decirle lo que pensaba. Pero en aquel momento Claire parecía la destinataria de todas las decepciones que había sufrido a lo largo de su vida.

–No, solo la parte en la que dices que soy el padre. Lo que no alcanzo a entender es cuándo has encontrado tiempo para acostarte con otro hombre.

Luca vio enrojecer el rostro de Claire y la vena que comenzaba a palpitarle.

–¡No he necesitado ningún tiempo! –gritó–. ¡No me he acostado con nadie, salvo contigo! ¿Cómo puedes acusarme de algo así después de lo que pasó con Jeff? Yo jamás… –ni siquiera pudo terminar la frase.

Luca sabía que acusarla de haber tenido una aventura era un golpe bajo, pero ¿qué otra opción tenía?

–¿Sabes? Yo no soy Jessica. Comprendo que tiene que haber sido terrible para ti, pero no tengo por qué cargar con sus culpas. Esto es totalmente diferente.

–¿Ah, sí? –preguntó Luca.

Quería que lo fuera, pero no podía permitirse el lujo de albergar una fantasía tan salvaje. Había terminado con Claire. Le dolía, pero ya no había marcha atrás. Necesitaba romper con ella y echarla de su casa antes de que las cosas se pusieran más feas de lo que ya estaban.

–A lo mejor tienes razón –confirmó con amargura–. Jessica se conformaba con tener un solo hijo. Tú has presionado para que fueran dos. ¿Con uno no tenías bastante? ¿Necesitabas sacarme algo más?

Claire intentó no reaccionar físicamente a aquellos insultos. ¿Dónde había estado escondido el lado oscuro de Luca durante aquellos días? Ella sabía que le ocultaba cosas, pero jamás había pensado que pudiera estar ocultándole algo así.

–¿Más qué? ¿Más dinero? No necesito tu dinero, Luca.

Luca la miró, apretando la mandíbula.

–¿Entonces qué hay detrás de todo esto? ¿Tenías miedo de que te dejara al volver a casa? ¿Creías que un segundo milagro me convencería de que me casara contigo y pudiéramos vivir felices después?

Claire no estaba segura de cómo responder. Ya no había manera de encarrilar aquella relación.

–Admito que esperaba que pudiéramos terminar juntos y felices con nuestros dos hijos, pero no ha habido ninguna artimaña de por medio. Lo que ha pasado es lo que ha pasado.

–Claire, lo único que está claro es que hemos terminado. Sabía que no era buena idea seducirte, pero tú, con tus miradas tristes y esos labios llenos, me convenciste de lo contrario. No sé por qué se me ocurrió pensar que estar juntos podría ser la mejor solución para nuestra situación, pero ya no lo pienso. Tú y yo hemos terminado.

Claire sintió un intenso dolor en su corazón que irradió hacia el resto de su cuerpo. Se sentía como si se le fuera a romper. ¿Cómo podía haberse enamorado de un hombre que podía ser tan cruel? No le conocía en absoluto.

—Yo pensaba que realmente había algo especial entre nosotros, Luca. Pero si tú… —se le quebró la voz—, si estás dispuesto a acusarme de algo tan terrible y a sacarme de tu vida con tanta facilidad es que estaba equivocada.

—Siento decepcionarte.

Su tono ambiguo y arrogante la enfureció. Una cosa era que no la creyera y otra que estuviera siendo tan cruel. No iba a permitir que nadie la despreciara. Irónicamente, eso era algo que le había enseñado el propio Luca.

Así que reunió el valor que le quedaba, irguió la espalda y le miró con la misma dureza con la que le había mirado el día que había entrado en el despacho del abogado.

—Es a ti al único que estás decepcionando, Luca, porque eres un cobarde.

—¿Un cobarde? —casi rugió él, pero Claire se negó a retroceder un solo paso.

Al contrario, avanzó hacia él.

—Sí, un cobarde. Tienes tanto miedo que ni siquiera

te atreves a ir al médico para averiguar la verdad sobre tu esterilidad. Prefieres tirar por la borda todo lo que tenemos y acusarme de ser una mentirosa a enfrentarte a la verdad.

–¿Por qué iba a estar asustado? Lo peor que pueden decirme es lo que ya sé.

–No, no es eso. Lo peor que pueden decirte es que has estado equivocado durante todo este tiempo. Porque entonces tendrías que enfrentarte al hecho de que has estado viviendo una vida incompleta durante todos estos años sin ningún motivo. Porque comprenderías que has malgastado toda una década en la que podrías haber encontrado a alguien a quien amar para formar una familia en vez de ser un director ejecutivo constantemente ocupado.

Luca alzó el brazo y señaló hacia la puerta.

–Sal de aquí con tus venenosas mentiras antes de que llame a seguridad para que te echen.

–No podrías obligarme a quedarme ni un minuto más –Claire giró sobre sus talones y se dirigió hacia la entrada, donde recogió su abrigo–. Como estás tan convencido de que este hijo no es tuyo, presumo que esta vez no me arrastrarás al juzgado para conseguir su custodia.

–No, no tengo ningún interés en él.

Claire intentó no reaccionar ante su indiferencia. No por ella, sino por el bien de su hijo. Lo último que quería era que el niño sintiera que su padre no le amaba desde el día que ella se había enterado de su existencia.

–Muy bien. En ese caso, hazme un favor e intenta

no mostrar tampoco ningún interés en Eva. Si no estás dispuesto a querer a nuestros dos hijos, ni quiero ni necesito que formes parte de nuestras vidas.

Abrió la puerta, salió y la cerró con toda la furia de una mamá osa. El enfado no remitió hasta que no estuvo en el ascensor y las puertas se cerraron tras ella. Y llegó entonces una oleada de lágrimas que ya no fue capaz de contener.

¿Cómo era posible que hubiera conseguido todo lo que quería y hubiera perdido todo lo que necesitaba al mismo tiempo?

Un rayo de sol entró por la ventana y le iluminó el rostro a Luca, despertándole de su incómoda postura en el sofá de cuero del salón. Tras una furiosa batalla contra una botella de whisky, había terminado desmayado en el sofá.

Se obligó a levantarse y apretó los ojos al sentir un intenso dolor de cabeza. Se inclinó, agarrándose la frente, y gimió. Se sentía como si le hubieran clavado un tornillo en el cerebro y lo giraran cada vez que se movía u oía algún sonido.

Cuando comenzó a recordar lo que había ocurrido la noche anterior, comprendió que la agonía del dolor era minúscula comparada con el dolor de la pérdida y la desilusión que se le había instalado en el pecho.

Las furiosas palabras que habían intercambiado Claire y él se repetían en su cabeza. La prueba de embarazo, la esperanza, la devastación, la expresión de enfado de Claire y su portazo iban pasando por su cerebro como las diapositivas de un proyector roto.

Cuando al final alzó la mirada, vio los restos de su teléfono. Después de que Claire saliera, había agarrado el objeto que tenía más a su alcance y lo había lanzado contra la puerta cerrada del apartamento. No había sido mucha la satisfacción que le había proporcionado el verlo chocar y hacerse añicos contra el mármol del suelo del vestíbulo. Aquel día, además de todo lo demás, tendría que ponerse en contacto con su asistente para pedirle un teléfono nuevo.

Con una maldición, se reclinó contra el sofá y clavó la mirada en el techo. La noche anterior había perdido la cabeza. Era algo impropio de él, que siempre lo tenía todo bajo control, pero la traición de Claire le había llevado al límite. Cuando se había ido, lo único que podía oír era el sonido de la sangre corriendo por sus venas, todo lo veía teñido por el rojo de sus sentimientos.

¡Un hijo suyo! Claire le había dicho que iba a tener un hijo suyo. Luca apenas se lo podía creer cuando aquellas palabras habían salido de sus labios. Ni siquiera la prueba de embarazo le había convencido. ¿Cómo podía confiar en las palabras de Claire? No podía. No, cuando sabía que era imposible.

¿Pero de verdad lo sabía?

Como era habitual, la mañana y la sobriedad le habían hecho cuestionarse todo. Ni siquiera el whisky le había permitido olvidar las palabras de Claire. Le había llamado cobarde por no haberse hecho las pruebas durante todos aquellos años. Él nunca lo había visto de aquella manera. ¿Qué diferencia podía haber en tener los resultados en un documento de un laboratorio? Aquel era el último clavo de un sepulcro que no soportaba sellar. El tratamiento contra el cáncer había destrozado sus oportunidades de llegar a ser padre. Fin de la historia. No importaba lo mucho que deseara tener otro hijo o las muchas ganas que tuviera de creerla.

Estaba seguro de que Claire sabía que quería tener otro hijo. No había ningún otro motivo por el que hubiera ido a él con una historia como aquella. Había encontrado su punto débil y había hecho todo lo posible para explotarlo.

Pero, mientras aquel pensamiento rodaba entre la niebla de su resacoso cerebro, Luca sabía que estaba equivocado. Todo lo que había dicho la noche anterior era lo contrario de lo que sabía sobre Claire. Había sido como si se hubiera liberado un monstruo en su interior en el momento en el que Claire había puesto a prueba sus creencias. Y una vez lo había liberado, no había encontrado la manera de detener el flujo de maldades que habían salido de su boca.

Disgustado consigo mismo, se levantó del sofá y fue tambaleándose hasta la cocina para prepararse un café. El café le ayudaría a aclarar sus pensamientos, aunque solo fuera para hacerle darse cuenta de que lo que había hecho la noche anterior era peor que despreciable.

Se concentró en su tarea y se sentó en la barra de la cocina. Recordó entonces cómo había salido el tema de Jessica. Había intentado una y otra vez sacar lo ocurrido de su cabeza. Por eso no se lo había contado a Claire. Por supuesto, su madre no había tenido ningún inconveniente en compartirlo. ¿Sería la historia que su madre había contado la que había inspirado a Claire para inventarse aquella mentira sobre el bebé? ¿O sería que el pasado había envenenado su propio punto de vista sobre el presente?

Lo único que sabía era que Claire tenía razón al decir que ella no era Jessica. Lo sabía incluso cuando la estaba acusando de lo contrario. Aquellas dos mujeres no tenían nada que ver.

Jessica era una mujer inteligente, pero también muy ambiciosa. Luca y ella eran compatibles en la cama, pero él sabía que Jessica quería mucho más. Al principio también él lo había querido, pero se había impuesto la realidad y había sido consciente de que nunca podría darle la familia que ella quería. Así que la había dejado. La palabra «más» no estaba encima de la mesa. Había ignorado sus mensajes y sus llamadas de teléfono durante unos meses y, al final, Jessica había terminado desapareciendo de su vida. Hasta que había vuelto a aparecer en la puerta de su casa muy embarazada de su hijo.

Al final, todo había resultado ser una dolorosa mentira. Quería volver con Luca, quería que se casara con ella. Lo deseaba de tal manera que había agujereado todos los preservativos que había utilizado, sin saber que era estéril. Como su estrategia no había funcionado, se había quedado embarazada de un italiano al que había conocido en un bar poco después de que rompieran con la esperanza de poder hacer pasar al niño como hijo de Luca. Era incomprensible. Él jamás habría pensado que Claire fuera capaz de rebajarse al nivel de Jessica.

Y fue entonces cuando cruzó su mente un pensamiento que le hizo enfrentarse a la realidad: no lo era.

Claire creía lo que estaba diciendo, tanto si era verdad como si no. Y Claire también le había dicho que no había estado con nadie desde que había muerto Jeff. Aquello no le dejaba muchas opciones, aunque, desde luego, explicaba que se hubiera sentido traicionada cuando él había negado que aquel hijo fuera suyo.

Pero no podía evitarlo. Aquel hijo no podía ser suyo. Sencillamente, no podía.

Y si lo era… había cometido un enorme, inexcusable y, quizá, imperdonable error.

Capítulo Once

−¿Moretti?

Luca alzó la mirada de su flamante teléfono cuando la enfermera dijo su nombre. El estómago le dolía del miedo. Aquel era un momento que había estado evitando durante diez años. Había estado a punto de llamar para cancelar la cita en tres ocasiones. La única razón por la que no lo había hecho era que sabía que, al final, tendría que enfrentarse a Gavin.

Su amigo le había escuchado compasivamente mientras él narraba su triste historia. Pero, en vez de ponerse de su lado, le había sorprendido diciendo cosas muy parecidas a las que había dicho Claire. Le había dicho que era un cobarde. Que sus dañinas acusaciones eran infundadas. Gavin había puesto fin a la conversación diciéndole que tenía que ir al médico. Que hasta que no se hiciera una prueba y tuviera la certeza de que aquel niño no podía ser hijo suyo tenía que morderse la lengua. Ya había dicho demasiadas cosas de las que tendría que arrepentirse si estaba equivocado.

Luca sabía que Gavin tenía razón, pero eso no significaba que le gustara. En cualquier caso, había concertado una cita y por eso estaba allí en aquel momento. Apartó el teléfono, se levantó y siguió a la enfermera por el pasillo.

Al principio, le condujeron a una habitación para producir la muestra que iban a analizar. Cuando terminó, le llevaron a una sala de exploración donde estuvo esperando al médico.

Fue una espera agónica. Iba viendo pasar los minutos y la sensación de ansiedad iba creciendo con cada segundo. Al final, se oyó una suave llamada a la puerta y entró el médico con una carpeta. Aquel era el momento que Luca había temido y evitado desde que había terminado el tratamiento de radio. Por fin iba a estar seguro de si era o no el hombre dañado que siempre se había considerado.

El doctor le estrechó la mano y se sentó en un taburete diminuto.

—Señor Moretti —comenzó a decir mientras revisaba las hojas—, hemos hecho una prueba preliminar de la muestra. Vamos a enviarla al laboratorio para tener un análisis más detallado, pero desde este momento puedo asegurarle que puede tener hijos.

Luca se quedó helado. Aquello no era lo que esperaba en absoluto.

—¿Está seguro?

—No estoy diciendo que le vaya a resultar tan fácil dejar embarazada a una mujer como a un hombre sin su historial médico. El número de espermatozoides es menor de lo que sería si no hubiera recibido tratamiento, pero todavía tiene espermatozoides con movilidad y bien formados. Dada una determinada combinación de circunstancias, claro que puede tener hijos.

Luca no sabía qué decir. Permanecía estupefacto,

sentado en la camilla, mientras las palabras del médico se repetían una y otra vez en su cerebro.

—Si encuentra dificultades para concebir con su pareja, una clínica de fertilidad podría servirle de ayuda.

Luca rio para sí y sacudió la cabeza.

—Yo ya he terminado con las clínicas de fertilidad, pero gracias por la sugerencia.

—No estoy seguro de lo que quiere decir, pero ¿le importa que le pregunte por qué ha venido a hacerse esta prueba si no quiere formar una familia?

Luca bajó la mirada hacia sus manos.

—Al parecer, ya he empezado a formar una familia. No lo creía posible, pero parece ser que se ha dado la combinación de circunstancias adecuada.

El médico frunció el ceño con un gesto de preocupación.

—Le felicitaría, pero no parece muy emocionado ante la posibilidad de ser padre.

—No es la paternidad lo que me molesta —admitió Luca—. La idea de ser padre me emociona, aunque siga corriendo el riesgo de volver a tener cáncer algún día. Me enfrentaré a ello si ocurre. El problema es que voy a tener que pedir muchas disculpas a la madre de ese bebé.

—¡Ahh! —exclamó el médico. Cerró la carpeta y la dejó a un lado—. Bueno, si quiere estar completamente seguro, se le puede hacer un test de paternidad incluso durante el embarazo.

Luca negó con la cabeza con vehemencia. Probablemente Edmund la querría, pero después de lo que le había dicho a Claire, no podía pedirle que se la hiciera. No tenía ningún motivo para pensar que le había mentido, aparte del hecho de creerlo imposible. Apenas se habían separado durante aquellas semanas; Claire no había tenido oportunidad de conocer a otro hombre y acostarse con él.

Esperaba un hijo suyo. Y él era un imbécil.

—De acuerdo, en ese caso, creo que, a no ser que tenga otras preguntas, aquí hemos terminado. Le deseo suerte.

El médico se levantó, le estrechó la mano y se marchó a la misma velocidad a la que había llegado, dejando a Luca a solas con sus pensamientos.

Podía tener hijos. Y por el método tradicional.

Jamás se le había ocurrido. Los oncólogos habían sido tan pesimistas, tan fatalistas, sobre sus posibilidades, que había presumido lo peor. Y por eso había pensado lo peor de Claire.

Claire. Una mujer a la que su marido había tratado tan mal que no quería confiar ni en él ni en ningún otro hombre. Una mujer que le había aceptado tal y como era. Una mujer que no le había presionado para que hablara de su pasado, a pesar de que había tenido que superar las mentiras de su marido. La madre de su hija. De sus hijos.

La había tratado de una forma terrible. Jamás había pensado que podría ser tan cruel con una persona a la que quería, ni que sería capaz de decirle unas palabras tan duras.

Salió como un sonámbulo de la consulta del médico para dirigirse hacia su apartamento. La verdad era que debería haber llamado a la oficina para pedir que fuera un coche a buscarle, pero necesitaba tiempo para procesar todo aquello. Y así podría pasar algún tiempo separado de su familia. Ninguno de ellos sabía adónde había ido ni lo que había pasado con Claire cuando se habían ido de Martha's Vineyard, pero si les veía en aquel momento comprenderían que le pasaba algo. Estaba seguro de que la sorpresa y la angustia se reflejaban en su rostro.

Se detuvo junto a una farola, alzó la mirada y vio el edificio de Brooks Express Shipping justo delante de él. Gavin debía de estar esperando información, así que podría pasar a verle y dársela directamente. A lo mejor podía hacerle alguna sugerencia que le ayudara a arreglar las cosas con Claire después de todo lo que había dicho y hecho.

Una vez en el vestíbulo, marcó el número de Gavin y esperó su respuesta.

–¿Eres consciente de que este mes me has llamado por lo menos tres veces? Estoy empezando a sentirme especial.

Luca suspiró.

–Estoy en el vestíbulo de tu edificio. ¿Estás aquí?

–Sí. Dentro de media hora tengo una reunión, pero de momento soy todo oídos.

Luca subió en el ascensor hasta el piso en el que estaba el despacho de Gavin. Saludó a la recepcionista, pasó por delante de su escritorio a toda velocidad y entró en el despacho de Gavin antes de que ella pudiera detenerle.

Gavin se volvió del ordenador con expresión expectante.

–¿Y? ¿Al final tus criaturitas son capaces de nadar?

Luca no pudo menos que soltar una carcajada por la forma en la que su amigo había formulado la pregunta.

–Sí, pueden. No ganarán ninguna medalla, pero son capaces de cruzar la piscina.

–¡Felicidades! Siéntate –Gavin señaló la silla para las visitas mientras se levantaba de la suya–. Esto se merece una celebración.

Se acercó al mueble bar y sirvió dos vasos de un líquido del color de la miel oscura.

Luca se sentó y miró el escritorio de su amigo. Estaba decorado con las fotografías de su boda con Sabine, con otra en la que sostenía a Beth nada más nacer, cuatro primeros planos de la familia y algunas fotografías en la playa. Él también quería algo así. Quería tener un escritorio lleno de las fotografías de su familia. Pero había algo que se lo impedía.

Gavin llevó los vasos a la mesa y le tendió uno a Luca. Miró a su amigo con el ceño fruncido y le preguntó:

–¿Qué pasa? No pareces muy entusiasmado con la noticia.

Luca le dio un sorbo a su bebida e hizo una mueca tras comprobar lo fuerte que era. No tenía muchas ganas de whisky, sobre todo después del exceso de la otra noche.

–Estoy contento, de verdad. Pero saber la verdad hace que la discusión que tuve con Claire me parezca mucho peor. Tengo que conseguir que vuelva conmigo, pero no sé si lo hará después de todo lo que le dije.

–¿La quieres? –preguntó Gavin.

Luca asintió sin vacilar. En realidad, no había pensado en ello, pero, en el instante en el que Gavin se lo preguntó, la respuesta surgió en su cabeza con la claridad del día. Claire no se parecía a ninguna de las mujeres que había conocido. Desde el día de su discusión, había estado viviendo con un terrible vacío en el pecho. La echaba de menos. Echaba de menos a Eva. Y en aquel momento echaba también de menos al bebé que crecía en su vientre. No había podido acompañar a Claire al médico durante su primer embarazo, ni escuchar el corazón de Eva, ni satisfacer los antojos más extraños de un primer embarazo. Si no conseguía arreglar las cosas entre ellos, perdería su segunda oportunidad de disfrutar de una experiencia de paternidad completa.

—Estoy loca y desesperadamente enamorado de ella, Gavin —pronunciar aquellas palabras le hizo sentirse mejor y peor al mismo tiempo.

—De acuerdo —Gavin frunció el ceño, pensando en ello—. Entonces dime por qué estás diciéndomelo en mi oficina en vez de estar confesándoselo a ella en la puerta de su casa.

Luca suponía que podía ir en ese mismo momento al museo e intentar localizarla, pero todavía tenía sus reservas.

—No es tan fácil. Nunca me había permitido sentir nada tan profundo por nadie. Siempre me he sentido como un juguete roto al que no querría nadie, así que jamás me he atrevido siquiera a soñar algo así.

Gavin negó con la cabeza.

—Eres un estúpido, eso es lo que eres. Eres un hombre con éxito y bastante atractivo.

–Gracias –contestó Luca secamente.

–Lo que quiero decir es que eres un gran partido. Incluso con un solo testículo.

Luca ignoró el comentario jocoso de su amigo.

–No soy ningún partido. Soy una bomba de relojería. ¿Y si le digo a Claire que la quiero, me perdona, nos casamos y tenemos un hijo? ¿Qué pasará si después de todo eso se reproduce el cáncer? Ya ha enviudado una vez, no quiero ser el responsable de que tenga que pasar por todo eso dos veces.

–No puedes pasarte la vida esperando tu muerte, Luca. Tienes que salir de eso y empezar a vivir. A cualquiera puede pasarnos algo. Yo podría morir atropellado por un taxi, o tener un ictus y caerme muerto sobre mi escritorio sin previa advertencia. El cáncer remitió hace mucho tiempo, así que deja de permitir que una enfermedad del pasado te reprima Y, de todas formas, si no vuelves con ella será como si la hubieras dejado viuda. Tendrá que criar sola a sus hijos.

–¿Y no estará mejor sola que conmigo?

–Eso tendrá que decidirlo ella. No puedes tomar las decisiones por otros. Yo pasé años sin Sabina porque ella decidió que no hacíamos una buena pareja. Si hubiera sido por mí, jamás la habría dejado marcharse. Y tú, al menos, tienes la posibilidad de elegir.

Gavin tenía razón. Luca lo sabía. Lo único que tenía que hacer era dejar de lado sus antiguos miedos. Si el cáncer volvía, pues que volviera. Por lo menos aquella vez Claire y los niños le darían una razón para luchar con más fuerza contra la enfermedad.

Sin embargo, todavía no podía acercarse a ella esperando una calurosa bienvenida. Necesitaba un gran gesto. No una joya ni cualquier otro regalo ostentoso. Tenía que ser algo que para ella significara más que ninguna otra cosa.

Y, para Claire, no había nada en el mundo más importante que Eva.

Claire subió los escalones de su casa con el corazón encogido y las piernas cansadas. El embarazo no estaba muy avanzado, pero ya la tenía agotada.

Sí, era el embarazo. No era aquel demoledor dolor de corazón el que la tenía deprimida y cansada.

Abrió la puerta de casa y encontró a Daisy y a Eva jugando en el suelo del cuarto de estar. La niñera se levantó al instante para darle un abrazo.

–Hola, Claire, ¿qué tal ha ido la cita con el médico?

Claire buscó en el bolso y sacó la ecografía. No había mucho que ver, solo un botón un tanto amorfo del tamaño de una gominola. La primera vez que había visto la imagen de Eva el corazón había estado a punto de explotarle de alegría y emoción. Jeff y ella por fin iban a ser padres. En aquella segunda ocasión, la imagen solo la había entristecido. Adoraba a aquel bebé, de eso no tenía la menor duda, pero no podía evitar pensar que, por segunda vez, iba a tener a un hijo sin un padre que le amara como merecía ser amado. ¿Sería suficiente con el amor de una madre? Eso esperaba.

Daisy le quitó las fotografías de la mano y soltó un gritito de alegría.

–¡Felicidades! Es tan emocionante. No me puedo

creer que, después de lo mucho que te esforzaste para tener a Eva, ahora te hayas quedado embarazada con tanta facilidad.

Claire asintió con aire ausente, pero en realidad no estaba escuchando. Durante la última semana y media, apenas había podido dormir por las noches. No podía concentrarse. Lo único que le pasaba por la cabeza una y otra vez eran las terribles palabras de Luca.

–Así que estaba pensando que si rebozamos a Eva en harina podríamos freírla y se convertiría en una crujiente corteza.

–Suena bien –dijo Claire automáticamente.

–¡Claire! –gritó Daisy consternada–. No me estás escuchando.

–Sí que te estoy escuchando –replicó.

–¿Y qué es lo que te ha parecido bien?

Claire suspiró y sacudió la cabeza.

–No tengo ni idea.

–Siéntate –le exigió Daisy, señalando el sofá.

No tenía ganas de discutir, así que obedeció. Daisy se sentó a su lado. Eva estaba jugando con los bloques de construcción en el suelo, delante de ellas.

–Un pequeño consejo, procura no mostrarte de acuerdo con cualquier cosa que te digan cuando estás en ese estado –le recomendó Daisy–. Y ahora, cuéntame lo que te pasa. Este no ha sido un embarazo planeado, ¿verdad?

Claire abrió la boca para contestar, pero, antes de que pudiera decir una sola palabra, los ojos se le llenaron de lágrimas y sollozó. Daisy la abrazó contra su pecho, dejando que liberara todo el dolor. Al cabo de unos minutos, Claire fue capaz de erguirse, secarse los ojos y contarle la triste historia.

–No se cree que el hijo sea suyo. He pasado un mes a solas con él. ¿De quién va a ser el bebé?

–Ya entrará en razón. Como tú misma dijiste, ha pasado demasiados años creyendo que no podía ocurrir. Creer que es el padre de esa criatura significa reconocer que estaba confundido. Si ha desperdiciado diez años de su vida temiendo enamorarse y ser una decepción para su esposa, debe de ser un golpe muy duro.

–Pero lo peor es que me he enamorado de él, Daisy. No sé cómo he podido ser tan estúpida. Él ha sabido derribar todas mis barreras. Había pasado mucho tiempo desde la última vez que había sentido que un hombre me quería. Debía de estar desesperada por recibir afecto. Y mira cómo he terminado: embarazada y sola.

–No estás sola, Claire. Nos tienes a mí y a Eva, y ahora a este bebé. Vamos a conseguir que esto funcione, con o sin un millonario inútil.

–¿Cómo? –parecía una pregunta ridícula, pero estaba tan perdida que era incapaz de imaginar una respuesta.

–Me mudaré a tu casa y te ayudaré a criar a tus dos hijos. Somos dos mujeres inteligentes, fuertes y capaces. Francamente, a los hombres solo los necesitamos para iniciar el proceso, después, son bastante inútiles.

Claire se echó a reír y se secó las últimas lágrimas.

–Tienes razón. Pase lo que pase entre Luca y yo, voy a salir de esta historia con otro hijo. Jamás soñé que podía tener otro hijo, así que lo único que necesito es pensar que esto es una bendición.

–¡Ese es el espíritu! Y, ahora, tengo pollo con ver-duras en el horno para la cena. Eva ya ha cenado y está bañada, así que podéis tomároslo con tranquilidad. Come, descansa e intenta que todo esto no te afecte mucho. Te veré mañana, ¿de acuerdo?

–Gracias por los ánimos. Daisy, te mereces una su-bida de sueldo.

Daisy se echó a reír mientras se levantaba del sofá.

–Te lo recordaré cuando me prepares el próximo cheque –se puso el abrigo y le deseó buenas noches.

Cuando la puerta se cerró tras ella, Claire tomó aire e intentó hacer lo que Daisy la había dicho. Llevó a Eva a la cocina, la sentó en la mecedora y le conectó uno de los ritmos de movimiento que más le gustaban a la niña. Aquello la mantuvo entretenida mientras ella sacaba la cena del horno y se servía un plato.

Se sentó en la barra, tomó unos pedazos de pollo y comenzó a revisar con aire ausente el correo que Daisy le había dejado. Un factura, propaganda, otra factura… y se detuvo en seco cuando se fijó en la libreta en la que la niñera solía dejarle los mensajes.

Stuart, el abogado, había llamado. Tenía una llama-da perdida cuando estaba en el médico, pero se había olvidado de revisarla. Buscó el teléfono en el bolso. Efectivamente, en la pantalla decía que había recibido una llamada de Stuart Ewing. Presionó el buzón de voz para oír el mensaje.

–Claire, soy Stuart. Necesito que me llames esta no-che. A cualquier hora. Ha pasado algo.

Le dejaba su número personal para que le llamara. A Claire le temblaba la mano mientras apuntaba el número en la libreta, deseando que el abogado hubiera concretado más el mensaje. Aquello podía significar cualquier cosa. Era posible que Luca hubiera decidido dar marcha atrás en el acuerdo de custodia. Pero lo que tenía que hacer era evitar especular y devolver la llamada al abogado si no quería terminar volviéndose loca.

–Claire –dijo Stuart–, gracias por llamar. Nos han convocado a una reunión con Luca y con su abogado para mañana por la mañana.

–¿Sabes si son buenas o malas noticias?

–No tengo ni idea. ¿Qué tal fue el viaje con el señor Moretti? No hemos hablado desde que volviste de Martha's Vineyard.

Era una pregunta complicada.

–El viaje fue agradable. Creo que todo fue bien, así que es posible que la reunión solo sea para cerrar el acuerdo antes de enviárselo al juez.

Stuart vaciló al otro lado del teléfono.

–¿Qué no me estás contando, Claire? Hay algo en tu tono que me dice que me estás ocultando información.

–Porque te la estoy ocultando. Las cosas se han complicado un poco desde la vuelta, así que, en realidad, no puedo estar tan segura de que Luca vaya a aceptar el acuerdo al que llegamos.

–¿Qué ha pasado?

–Que he descubierto que estoy embarazada de Luca –soltó tan rápidamente como pudo.

–¿Embarazada? Debería haberme imaginado que ese viaje traería problemas. ¿Y ahora sois pareja? Porque, odio decirlo, pero ayudaría mucho a la causa que lo fuerais.

–Ya no. No se tomó muy bien la noticia del embarazo. Dejó bien claro que no cree que el hijo sea suyo. De hecho, se enfadó bastante. Así que no tengo la menor idea de lo que vamos a encontrarnos mañana.

–¿Sabes? Llevo todo el año pensando en retirarme. Y puede que tú seas la cliente que me ayude a dar el paso.

Al oírle, Claire se echó a reír. Sabía que Stuart moriría delante de un tribunal.

–Míralo de esta manera, Stuart. Tú solo tienes que representarme ante un tribunal. Pero esta es mi vida.

–Sí, supongo que tienes razón. Nos veremos mañana a las nueve menos cuarto en la oficina de Edmund Harding.

Capítulo Doce

–¿Estás seguro de que esto es lo que quieres, Luca? Solo tienes unos minutos para cambiar de opinión.

Luca desvió la mirada de la ventana para mirar a su abogado.

–Sí, tengo que hacerlo.

–En realidad, no tienes por qué hacer una cosa así –objetó Edmund–. No hay nada que diga que tienes que renunciar a la custodia de tus hijos por haber sido un impresentable con la madre.

–No renuncio a la custodia. Solo voy a establecer unos términos que puedan hacerla más feliz. Es lo menos que puedo hacer después de todo lo que ha pasado.

–¿Y a ti? ¿Qué es lo que te hace feliz a ti? Estamos hablando de tus hijos. De unos hijos que, podría añadir, nunca pensaste que ibas a tener.

–Volver a ver a Claire me hará feliz –contestó, y era cierto.

Necesitaba ver a Claire más que nada en el mundo.

Se oyó una suave llamada a la puerta y la recepcionista asomó la cabeza.

–Señor Harding, la señora Douglas y el señor Ewing están aquí.

–Hazles pasar.

Luca se sentó al lado de su abogado. Por primera

vez en mucho tiempo, estaba nervioso. No sabía lo que iba a encontrar en los ojos de Claire. Tomó aire y alzó la mirada cuando ella entró junto a su abogado.

La miró a los ojos y supo que estaba tomando la decisión correcta. No había en ellos ninguna animosidad. Claire estaba nerviosa, agotada, triste, pero no enfadada. Había ido allí para ver qué clase de castigo pensaba infligirle por haberle mentido.

Se sentaron y Luca se concentró por entero en Claire. No tenía buen aspecto.

—¿Te encuentras bien? —le preguntó.

Todos en la mesa, incluida la propia Claire, parecieron sorprendidos. Ella le miró con los ojos entrecerrados durante unos segundos antes de contestar:

—Estoy bien, aunque con las molestias típicas de los primeros meses. Con Eva fue igual. Gracias por preguntar —su tono fue frío y Luca sabía que se lo merecía.

—Señor Harding, mi cliente y yo tenemos curiosidad por saber a qué se debe la reunión de hoy. El jueves acudiremos ante el juez. Es un poco tarde para hacer cambios.

—Lo comprendo —dijo Edmund—. Pero estoy seguro de que es consciente de que el primer acuerdo es solo concerniente a Eva. El añadido de un segundo hijo nos obliga a reunirnos una vez más.

—Un momento, ¿está usted diciendo que el señor Moretti reconoce que el segundo hijo de la señora Douglas también es suyo?

—Sí, exacto —respondió Edmund.

Luca fijó la mirada en el rostro de Claire mientras su abogado daba la noticia. La vio abrir los ojos sorprendida y volverse hacia él boquiabierta. Luca asintió, esperando que su expresión contrita la hiciera saber cuánto lamentaba todo lo ocurrido.

–¿Piensa solicitar el señor Moretti alguna prueba de paternidad? –continuó Stuart.

–No –respondió Edmund con evidente irritación.

Stuart se reclinó en la silla, completamente desconcertado con aquella situación.

–Lo siento –dijo al cabo de unos segundos–. La última vez que nuestros clientes hablaron era evidente que el señor Moretti creía que el hijo no era suyo. ¿Se me permite preguntar a qué se debe este cambio de actitud?

Edmund se volvió hacia Luca. El abogado se oponía con firmeza a compartir información médica con la otra parte, pero Luca insistió, asintiendo con la cabeza.

–El señor Moretti se sometió a una prueba médica que determinó que es un candidato válido para ser el padre del segundo hijo de la señora Douglas.

Claire abrió la boca. Los ojos se le iluminaron durante unos segundos, como si quisiera felicitarle por la noticia. Pero la luz se apagó rápidamente. Ella ya sabía que podía tener hijos, puesto que se había quedado embarazada. Lo único que había cambiado era que también él lo reconocía.

Stuart ignoró a ambos clientes e intentó concentrarse en las negociaciones.

–¿Y qué supone este cambio para el acuerdo de custodia?

Edmund le tendió una carpeta con la documentación.

–Dedique todo el tiempo que necesite a estudiarla.

146

Presumimos que su cliente encontrará aceptable nuestra propuesta.

Luca observó a Claire y a Stuart mientras estos revisaban la documentación y hablaban con voz queda. Era una agonía estar sentado en silencio viendo a Claire sacudiendo la cabeza y mirándole de vez en cuando con curiosidad.

No estaba seguro de por qué tardaban tanto en tomar una decisión. Le había dado a Claire todo cuanto quería. Le concedía la custodia legal, exigía el mínimo de visitas para no entorpecer la rutina de los niños, se ofrecía a pagar el colegio privado que ella eligiera y un generoso depósito para los niños. ¿Qué más podía pedir?

Al final, Stuart negó con la cabeza.

—Lo siento, pero la oferta es inaceptable. Mi cliente quiere más.

Claire vio que Luca se hundía al oírlo. Ella sabía que era arriesgado, pero tenía que hacerlo. Sí, Luca le había ofrecido todo lo que ella esperaba al principio de aquel proceso, pero aquello había cambiado. Echaba de menos un elemento crucial: Luca.

—¿Qué quieres, Claire? ¿Quieres que me corte las venas y me desangre por ti? Porque estoy dispuesto a hacerlo.

—Esto no es suficiente, Luca. Tu dinero me importa un comino. Lo que quiero es que te disculpes por las cosas tan terribles que me dijiste. Quiero que digas que te arrepientes de haberme acusado de acostarme con otro hombre y de haberme amenazado con llamar a seguridad para echarme de tu edificio. Y, después, cuando esté satisfecha, te quiero a ti.

Luca fijó en ella su intensa mirada. Tragó con fuerza y se reacomodó en la silla.

—Caballeros, ¿pueden dejarnos un momento a solas?

—Luca, no te aconsejo que… —comenzó a decir su abogado.

—A solas —reiteró con una voz que no dejaba lugar a las dudas.

Claire le apretó la mano a Stuart con un gesto tranquilizador y ambos abogados salieron. Se produjo un corto y tenso silencio antes de que Luca dijera:

—Lo siento, Claire. Y no lo digo porque me lo hayas pedido, sino porque debo hacerlo. Siento haber dudado de ti y haberte dicho esas cosas horribles —se interrumpió—. Yo nunca creí que… Durante mucho tiempo me he sentido una persona incompleta. El cáncer no solo me robó la infancia y la sensación de inmortalidad de la juventud, sino también la seguridad en mí mismo.

Claire le observó levantarse y acercarse a los ventanales.

—Todo lo que me dijiste aquel día era cierto. Estaba asustado. Había evitado conocer la verdad porque eso me dejaba un rayo de esperanza. Pero después de nuestra discusión fui al médico —se volvió hacia ella—. Puedo tener hijos. Jamás había pensado que un médico podría llegar a decirme algo así, pero lo hizo. Sin embargo, no estaba contento. Me sentía fatal porque sabía que tú no te merecías ninguna de las cosas que te dije aquel día.

Cruzó la habitación con cuatro largas zancadas y se detuvo ante Claire.

—¿De verdad querías decir lo que has dicho antes? ¿Después de todo lo que te he dicho y hecho? —Luca posó una rodilla en el suelo y le tomó las manos.

Claire notaba cómo se le tensaba el pecho con cada una de las palabras que él decía.

—Todas y cada una de mis palabras. No quiero tu dinero, Luca. Nunca lo he querido. Y aprecio que me ofrezcas la custodia de los niños. Sé que es un gran gesto por tu parte. Pero quiero que mis hijos tengan un padre. Quiero que formes parte de sus vidas.

—¿Y de la tuya, Claire? ¿También quieres que forme parte de tu vida?

Claire suspiró al oírle. Le había dado miles de vueltas a aquella cuestión. ¿Debería conformarse con sus hijos y con los buenos recuerdos de su relación? ¿Debería pedir más?

—No lo sé. Eso depende en gran parte de ti. Un hombre muy inteligente me dijo que una mujer es un tesoro que hay que cuidar. He pasado demasiado tiempo soportando que me trataran como si no valiera nada. Quiero que formes parte de la vida de mis hijos pase lo que pase. Pero, si vas a formar parte de la mía, lo quiero todo.

Luca asintió lentamente.

—No tendrás menos de lo que mereces. Te amo, Claire. El tiempo que hemos pasado separados ha sido una tortura. Quiero que nuestros hijos formen parte de mi vida, pero quiero, sobre todo, que seamos una familia. Sin embargo, hay algo que me preocupa.

—¿Qué es?

—Me preocupa volver a enfermar. Sé que no debería permitir que eso afectara a las decisiones que tomo sobre mi vida, pero necesito que sepas que es una posibilidad real. Si puedes aceptar eso y quieres que formemos una familia, adelante. Y, si perderte es el precio que tengo que pagar por mis pecados, también lo acepto.

—¿Tus pecados? —las lágrimas desbordaban los ojos a Claire mientras le escuchaba—. Tú no has cometido ningún pecado, Luca. Te han herido. A los dos nos han herido. Dejamos que la desilusión se interpusiera entre nosotros. Pero no podemos permitir que eso vuelva a ocurrir.

—¿Eso significa que hay alguna posibilidad de que volvamos a estar juntos?

Claire asintió entre las lágrimas.

—Te quiero demasiado como para alejarme de ti.

Una enorme sonrisa asomó al rostro de Luca.

—¿Me quieres?

—Te quiero.

Luca alzó entonces la mirada hacia ella con repentina seriedad.

—Nos queremos, estás esperando un hijo mío y ya tengo una rodilla en el suelo. Supongo que ya solo queda una cosa por hacer.

Claire se tensó en la silla al oír aquellas palabras. ¿Significarían lo que ella pensaba que significaban?

—Claire Marianne Lawson, llegaste a mi vida de la

forma más inesperada y con el mejor regalo imaginable: nuestra preciosa Eva. Contigo he pasado los días más felices de mi vida y quiero pasar contigo el resto de mis días. ¿Me permitirás hacerlo concediéndome el honor de convertirte en mi esposa?

Antes de que ella pudiera responder, Luca buscó en su bolsillo y sacó una cajita de terciopelo. La abrió y Claire descubrió en su interior un hermoso solitario. El diamante tenía a un lado un zafiro azul y al otro una piedra preciosa algo más clara.

–El zafiro es por Eva, puesto que nació en septiembre, y el topacio para el bebé que, según mis cálculos, nacerá a finales de diciembre. Si al final nace en enero, lo cambiaremos por un granate.

Claire tenía los ojos llenos de lágrimas hasta tal punto que ya no podía prestar atención a esos detalles. No le importaban. Aquel era el anillo más perfecto que podía haberle regalado. Representaba no solo su compromiso, sino también a sus hijos. Y aquello lo convertía en la joya más hermosa que podría lucir nunca.

–Sí –dijo por fin, dándose cuenta de que todavía no había contestado a la pregunta–. Sí, me casaré contigo.

Luca sacó el anillo y se lo deslizó en el dedo. Claire lo miró durante un segundo antes de alargar las manos hacia Luca para acercar su rostro al suyo. Sus labios se encontraron, brindándole a Claire un sentimiento que anhelaba mucho más que cualquier joya.

Luca no la decepcionó. Le rodeó la cintura con los brazos y se levantó, haciéndola levantarse con él. Claire entrelazó las manos alrededor de su cuello y le estrechó contra ella. Pero ni siquiera así tuvo suficiente. Había estado demasiado cerca de perderle para siempre.

Al final, Luca se apartó, pero sin soltarla.

–Será mejor que paremos. No creo que a Edmund le haga mucha gracia que termine haciendo el amor con mi prometida en la sala de reuniones.

–Bueno –contestó ella con una sonrisa–. Teniendo en cuenta lo que paga mi prometido por sus servicios, deberíamos poder hacer lo que nos apeteciera.

–Eso lo haremos pronto –contestó Luca, plantándole otro beso en los labios.

–Antes de que les llamemos, me gustaría hacerte una pregunta, ¿cómo averiguaste mi nombre de soltera?

Luca le dirigió una sonrisa traviesa.

–Tú investigaste mis antecedentes y yo los tuyos. Me parece justo, ¿no?

–Absolutamente. ¿Y averiguaste algo interesante?

–Que suspendiste Química en el primer año de instituto y tu comida favorita es la tailandesa –sacudió la cabeza–. ¿De verdad es tu comida favorita?

–Eso habría que actualizarlo –admitió Claire con una sonrisa–. Últimamente me inclino por la comida italiana.

Epílogo

4 de julio,
Martha's Vineyard

–No va a subir la cremallera –Claire estaba al borde
del pánico.

La boda empezaba en menos de media hora y su
vientre abultado y su trasero le estaban causando serios
problemas con el vestido.

–Claro que va a subir –le aseguró Daisy–. Te arre-
glaron el vestido la semana pasada y no has engordado
tanto desde entonces.

Claire contuvo la respiración mientras Daisy tiraba.
La cremallera subió hasta el final.

–¡Gracias a Dios! –exclamó con un suspiro de alivio.

Su primer vestido de novia había sido un vestido
de princesa con el que ni siquiera podía ir al cuarto de
baño sola. En aquella ocasión había optado por algo
más apropiado para la playa. Era un vestido sin tirantes
con escote de corazón y una falda de organza que nacía
del busto y caía hasta el suelo. Le encantaba.

–¡Oh, Claire! –Antonia Moretti entró en el dormitorio principal–. Estás preciosa. Luca se va a poner como
loco cuando te vea.

Eso esperaba. Habían tenido que preparar la boda a toda velocidad, pero lo había preferido a tener que casarse embarazada de ocho meses y a salir enorme en todas las fotografías. Afortunadamente, todo lo habían organizado con mucha facilidad. Gavin les había ofrecido su casa y tanto la boda como la recepción iban a celebrase en la playa. Claire estaba deseando que llegara el momento de comer la tarta. Habían prescindido de la tarta tradicional y habían comprado una docena de tartas de queso diferentes. Durante los primeros meses de embarazo, a Claire no le había sentado muy bien la comida, pero estaba comenzando a recuperar el apetito y esperaba con ganas el momento en el que Luca le ofreciera un pedazo de aquella cremosa tarta de queso coronada por una fresa.

Se oyó una llamada a la puerta tan delicada que apenas la escuchó. Daisy abrió la puerta y, para sorpresa de Claire, apareció su madre con Eva en brazos.

–¿Mamá?

Su madre sonrió y entró en la habitación con una imagen muy familiar y, al mismo tiempo, muy distinta a la que Claire recordaba.

–Hola, Claire. Mírate, jamás te había visto tan guapa.

Claire corrió a abrazar a su madre, a la que no había vuelto a ver desde la boda con Jeff.

–No me puedo creer que estés aquí.

–No iba a perderme la boda de mi hija. Ya es suficientemente malo que esta sea la primera vez que veo a Eva –le dio un beso a la niña en la mejilla–. Pero eso va a cambiar. Mi marido y yo nos vamos a mudar a

Connecticut el mes que viene. Y pienso verte mucho más a menudo.

Claire apenas se lo podía creer. Los ojos se le llenaron de lágrimas. Alzó la mirada y tomó aire. Si se le estropeaba el maquillaje, Carla la mataría.

–Odio interrumpir un reencuentro familiar –dijo Daisy–, pero ya es hora de que empiece la boda.

Daisy iba a ir delante con Eva, así que se la quitó a la madre de Claire de los brazos.

–Sígueme. Les pediré a los acomodadores que te busquen un sitio.

Y, de pronto, Claire se encontró completamente sola. Se miró por última vez en el espejo y alzó al ramo. Tenía el estómago revuelto, pero, por primera vez desde hacía semanas, por culpa de los nervios. Tomó aire y la ansiedad cesó. No tenía ningún motivo para estar preocupada. Jamás había estado tan segura de nada como de aquella boda con Luca.

Miró por la ventana y vio que las familias se habían sentado. Había llegado el momento de salir.

Bajó con mucho cuidado la escalera y se detuvo en la terraza para esperar a que sonara la música. Desde allí podía ver varias filas de sillas blancas alineadas sobre la arena, ocupadas por rostros de amigos y familiares. Bajo un arco de flores estaban el oficiante, Daisy, Eva y Luca.

Luca clavó en ella su mirada cuando la vio. Y en aquella ocasión fue él el que se quedó boquiabierto por el asombro.

Luca iba con un traje de lino, sin corbata, e, incluso así, era el hombre más atractivo que Claire había visto jamás. Le resultaba difícil creer que aquel hombre, el padre de sus hijos, estuviera a punto de convertirse en su marido. Era más de lo que nunca se había atrevido a esperar.

Comenzó la música y todo el mundo se levantó y miró en su dirección. Claire posó sus pies descalzos en la arena dorada y se dirigió hacia la senda de un final feliz.

Bianca

«Me perteneces... y no podrás escapar»

LA REINA DEL JEQUE

CAITLIN CREWS

En el desierto, la palabra del jeque Kavian ibn Zayed al Talaas era la ley, así que cuando su prometida lo desafió escapando de él tras la ceremonia de compromiso, Kavian pensó que era intolerable.

Ya había saboreado la dulzura de sus labios y tal vez Amaya necesitaba que le recordase el placer que podía darle...

Cuando por fin la tuvo de vuelta en su reino, Kavian le exigió una rendición total en los baños del harem. Amaya temía que un deseo tan abrasador la convirtiese en una mujer débil, sometida, pero no podía disimular cuánto la excitaba el autoritario jeque.

Kavian necesitaba una reina que lo aceptase todo de él, ¿pero podría Amaya enfrentarse con el oscuro pasado de su prometido y aceptar su destino en el desierto?

Acepte 2 de nuestras mejores novelas de amor GRATIS

¡Y reciba un regalo sorpresa!

Oferta especial de tiempo limitado

Rellene el cupón y envíelo a
Harlequin Reader Service®
3010 Walden Ave.
P.O. Box 1867
Buffalo, N.Y. 14240-1867

¡Sí! Por favor, envíenme 2 novelas de amor de Harlequin (1 Bianca® y 1 Deseo®) gratis, más el regalo sorpresa. Luego remítanme 4 novelas nuevas todos los meses, las cuales recibiré mucho antes de que aparezcan en librerías, y factúrenme al bajo precio de $3,24 cada una, más $0,25 por envío e impuesto de ventas, si corresponde*. Este es el precio total, y es un ahorro de casi el 20% sobre el precio de portada. !Una oferta excelente! Entiendo que el hecho de aceptar estos libros y el regalo no me obliga en forma alguna a la compra de libros adicionales. Y también que puedo devolver cualquier envío y cancelar en cualquier momento. Aún si decido no comprar ningún otro libro de Harlequin, los 2 libros gratis y el regalo sorpresa son míos para siempre.

416 LBN DU7N

Nombre y apellido	(Por favor, letra de molde)	
Dirección	Apartamento No.	
Ciudad	Estado	Zona postal

Esta oferta se limita a un pedido por hogar y no está disponible para los subscriptores actuales de Deseo® y Bianca®.
*Los términos y precios quedan sujetos a cambios sin aviso previo.
Impuestos de ventas aplican en N.Y.

SPN-03   ©2003 Harlequin Enterprises Limited

Bianca

Retenida y seducida al mismo tiempo

VIAJE A LA FELICIDAD

LUCY ELLIS

La secreta agorafobia de Lulu Lachaille no iba a impedirle acudir a la boda de su mejor amiga. Llegado el día, Lulu se sentía completamente fuera de lugar, pero no era eso lo que hacía que su corazón palpitara desbocadamente…

El escéptico padrino y leyenda del polo, Alejandro du Crozier, odiaba las bodas… ¡Hasta que se quedó aislado en las Highlands escocesas con la seductora dama de honor!

La tentación que representaba la inexperta Lulu era irresistible para Alejandro. Y estaba decidido a mantenerla cerca, e incluso llevarla consigo a Buenos Aires, hasta asegurarse de que su irrefrenable atracción mutua no había tenido consecuencias.

*Estaba dispuesto a hacer lo posible
por recuperar a su hijo*

TENTACIONES
Y SECRETOS

BARBARA DUNLOP

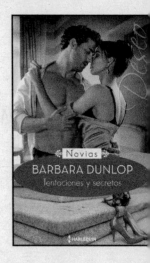

Después del instituto, T.J. Bauer y Sage habían seguido caminos
distintos. Un asunto de vida o muerte volvió a reunir al empre-
sario y a la mujer que había mantenido en secreto que tenía
un hijo suyo. Pero T.J. no quería ser padre a tiempo parcial. El
matrimonio era la única solución… hasta que el deseo reavivado
por su esposa, que lo era solo de nombre, cambió radicalmente
lo que estaba en juego.